Ein Stück Sonne

Christian Klein

Ein Stück Sonne

Bibliografische Information der Deutschen Nationalbibliothek:
Die Deutsche Nationalbibliothek verzeichnet diese Publikation in der Deutschen
Nationalbibliografie; detaillierte bibliografische Daten sind im Internet über
http://dnb.dnb.de abrufbar.

TWENTYSIX
Eine Marke der Books on Demand GmbH

© 2023 Christian Klein

Herstellung und Verlag:
BoD – Books on Demand, Norderstedt

ISBN: 978-3-740-72886-1

Illustration: **Christian Klein**

Inhaltsverzeichnis

Nach einem langen und kalten Winter befand sich ein junggebliebener Mann eines Tages an einem See in einem Waldstück.

Der Frühling hatte gerade begonnen, weshalb sich eine angenehme Wärme in der Luft befand. Die Temperaturen waren leicht über zwanzig Grad Celsius, was sich in der prallen Sonne aber wesentlich wärmer angefühlt hatte, weil es zudem windstill war.

Der See war rund um sauber, weshalb sich das Wasser darin kristallklar spiegelte. Außerhalb waren einige Laubbäume und Sträucher, die dafür sorgten, dass der See nicht zu kahl erschien. Der prallen Sonne konnte man somit auch weichen, wenn ein Platz im Schatten frei war.

An diesem Tag war er der einzige der sich dort aufhielt. Das lag zum einen daran, dass es Nachmittag unter der Woche war und erst Anfang Frühling. Die Tage zuvor war das Wetter oftmals zu wechselhaft.

Weiterhin war der See selten hoch frequentiert, da er auch etwas abgelegen war und man ein Stück bis dahin laufen musste.

Der junge Mann mit dem Namen Michael sah gut aus, da er ein symmetrisches Gesicht hatte.

Mit seinen braunen Augen erschien er zudem vertrauensselig. Seine dunkelbraunen Haare, die er zu einer Art Stachelfrisur gestylt hatte, wurden zu einem weiteren Blickfang.

Natürlich passte auch der Körper zum Kopf, der durch regelmäßigen Sport trainiert war, aber nur eine Größe von einem Meter siebzig aufwies. Michael machte Sport, um fit und gesund zu sein. Das trieb ihn immer wieder an, auch wenn es sehr heiß war oder er sich mal nicht so gut fühlte.

Einem Sonnenbad zwischendurch war er nicht abgeneigt, da er sowieso schon ein etwas dunklerer Typ vom Haut-Ton war. Deswegen verzichtete er auch auf die Sonnencreme.

Vom Naturell her war er ein ruhiger und nachdenklicher Typ.

Großartig zu schwätzen oder überaus redseligen Menschen zuzuhören, die sich selbst gerne im Mittelpunkt sahen, war keine seiner Stärken.

Gerade deswegen mochte er es auch, alleine am See zu verweilen.

An diesem Tag war der Grund seiner Anwesenheit aber eher pragmatisch. Sein Feierabend war angebrochen und im Vorfeld hatte er sich nichts Anderes für heute vorgenommen.

Etwas Gutes wollte er sich damit tun, indem er reine und frische Naturluft atmete. Später wollte er vielleicht noch eine kleine Runde schwimmen, um seinen Körper fit zu halten, sofern das Wasser nicht zu kalt war. Dadurch konnte er auch das angenehme mit dem sportlichen verbinden, weil er Schwimmen als gemütlichen Sport betrachtete.

Diesen See mochte er aber auch besonders gerne, da es ihm hier durch die Natur und der Abgeschiedenheit auch sehr friedlich erschien.

Im Vergleich zu anderen Badeörtlichkeiten kannte er das auch schon anders. Aus einem seltsamen Grund erschien an diesem Tag auch das Wasser auf eine Art magische und ungewöhnliche Weise.

Vielleicht lag das an den starken Sonnenstrahlen, die hineinschienen und dadurch für verschiedene Lichtreflektionen sorgten?

Allerdings war es heute auch sehr hell, wenn man bedachte, dass der Sommer noch bevorstand.

Leichte Wellen bewegten das Wasser auf und ab, was es zudem lebendig machte. Michael lag nun gemütlich da, schaute mal in den Himmel, dann auf die Bäume und in Richtung des Sees. Dabei hörte er dem Wellenrauschen zu und den wenigen Tieren, die sich in der Umgebung befanden.

Das Vogelzwitschern klang für ihn dabei wie entspannende Musik. Klänge die immer mal wieder kamen, aber nicht störend wirkten.

Zwischendurch schaute er auf, als sein Magen ein wenig grummelte. Glücklicherweise hatte er aber ein paar Speisen dabei, die sein Inneres ein wenig ausfüllen konnten.

Alles befand sich gut verstaut in einem roten Rucksack. Diesen hatte er sich mal in Spanien gekauft, deswegen auch die rote Farbe. Mittig war dieser aber auch ein wenig mit gelben Elementen verziert. Der Rucksack stammte aus Pamplona, der Stadt, in der jährlich Stiere durch die engen Gassen getrieben wurden.

Michael langte schließlich in das mit Stullen gefüllte Objekt und erwischte ein frisches Baguette-Brot. Dieses war mehr als ordentlich belegt. Auf eine gute Butter-Schicht folgten ein paar Scheiben Schinken, Salat, Gurken und etwas Käse.

Da er nicht wirklich ein Gourmet war, verschlang er das Essen recht schnell ohne es zu genießen.

Michael war teilweise ein hektischer Typ und nahm sich deshalb auch immer wenig Zeit zum Speisen. Durch seinen kurzzeitigen Lebensstil sah er darin auch mehr die Notwendigkeit, als den Genuss.

Um seine Kehle zu befeuchten, trank er noch etwas koffeinhaltige Limonade aus der Flasche. Er wollte kein Ungeziefer wie Bienen oder Wespen anlocken, weshalb er die Flasche im Anschluss rasch verschließ.

Danach wollte er noch ein wenig verdauen.

Am liebsten wäre er ja direkt in das Wasser hinein, aber seine Vernunft sagte ihm es zu unterlassen, dafür war sein Magen noch zu träge.

Deswegen blieb er noch einen Moment sitzen. Nebenbei fiel ihm noch ein, dass er seine Luftmatratze dabeihatte, die sich auch im Rucksack befand. Ab und zu hatte er diese vorab aufgepumpt, heute aber nicht.

In der Eile nach dem Feierabend hatte er wohl nicht daran gedacht und aufgrund der vorigen Wetterlage war ihm noch nicht bewusst, ob er das Wasser betreten sollte.

„Warum soll ich sie nicht aufpumpen",

dachte er sich.

Er musste sowieso noch das Essen verdauen und das ging ja nicht innerhalb von fünf Minuten. Mit der Luftmatratze war er mindestens eine viertel Stunde beschäftigt - mit oder ohne Pumpe.

Seinen ebenfalls mitgebrachten Blasebalg nutzte er schließlich, um die Luft hinein zu befördern. Da er Raucher war, wollte er seine Lunge nicht quälen. Unter der Woche brachte er es pro Tag auf zehn Zigaretten, die er meistens nach Feierabend und zum Bier qualmte. Am Wochenende konnten es aber auch schon deutlich mehr werden.

An der Stelle wo sich Michael gerade befand, war der Boden fest und nicht so sandig. Teilweise war es sogar grasig grün. Das war auch gut für die Benutzung des leicht verformbaren Blasebalgs.

Den Verschluss der Pumpe stülpte er zuerst in die oberste Luftkammer. Es war die kleinste Kammer, auf die er später seinen Kopf legen konnte. Dann begann er mit dem pumpen.

„Eins, zwei, drei…",

„Eins, zwei, drei…",

schien er sich im Kopfe zu sagen.

Michael wollte dafür einen Rhythmus beibehalten, damit es schneller ging. Zügig hatte er auch das Kopfteil mit Luft gefüllt. Schließlich war es nicht so groß, aber zwei weitere Luftkammern standen ja noch bevor.

Die Außenkammer war dann als nächstes dran. Diese füllte er in einem angemessenen Zeitrahmen von mehreren Minuten. Zwischendurch merkte er aber auch, dass sich die Anstrengung schon in seinen Beinen bemerkbar machte.

Zum guten Schluss machte er sich schließlich an die innere Hülle ran und damit verbunden an die größte Kammer. Diese war am voluminösesten und benötigte deshalb auch, dass meiste an Luft.

Bevor er sich an diese ranmachte, steckte er sich eine Zigarette an. Beim Füllvorgang der Luft wechselte er zwischendurch auch das Bein und pumpte zunächst mit dem linken Bein weiter. Für ihn war es etwas ungewohnt, da er eigentlich ein Rechtsfuß war.

Würde man ein Foto machen, so würde sich wahrscheinlich ein ungewöhnliches Bild zeigen. Die reine Natur umgab einen einzelnen rauchenden Menschen der dabei war etwas Gummiartiges aufzublasen.

Der letzten Züge beim Pumpen gestalteten sich langsam schwieriger, vor allem, weil die Kraft von Michael sichtlich nachließ. Aber irgendwie packte er es dann doch.

Nach dem vermutlichen Kraftakt ließ er die Zeit nochmal ein wenig sacken, steckte sich noch eine Zigarette an. Vielleicht sah er dies als eine Art von Zeichen mit dem er sich sagen wollte, dass er es geschafft hatte.

Es vergingen ungefähr fünf Minuten, bis er sich dem blauen Dunst gefrönt hatte und die Glut im harten Boden vernichtet wurde.

Dann legte er sich genüsslich auf die Matratze. In diesem Moment wusste er sofort, wofür er den Aufwand zuvor betrieben hatte.

„Es wird mal Zeit ins Wasser zu gehen",
dachte er sich nach wenigen Minuten der Entspannung.

Langsam bewegte er sich zum Wasser hin und kam dabei Schritt für Schritt näher. Die leichten Wellen trieben das kühle Wasser auf den Spann seiner Füße.

Er war nicht der Typ, der auf einen Schlag ins Wasser ging.

Michael ging lieber langsam hinein, sich daran gewöhnend. Anfangs hatte er meistens seine Probleme damit aufgrund der niedrigen Temperaturen. Gerade heute war es noch nicht zu warm.

Die Natur um den See herum verschlang zu bestimmten Zeiten einiges an Sonnenstrahlen, weshalb auch einige Stellen im Wasser mit

Schatten überdeckt waren. Dadurch wurde die optimale Erwärmung des Sees unterbunden.

Langsam tastete er sich weiter in das Gewässer. Bis zur Taille war es immer am schlimmsten. War der Pegel allerdings darüber so schien es einfach, den Rest des Körpers mit dem Wasser zu verbinden.

Kurz danach hatte er es dann tatsächlich geschafft. Die magische Grenze wurde überschritten.

Einen kurzen Moment blieb er noch stehen, dann tauchte er den restlichen Teil seines Körpers hinein. Weil das Wasser klar war, machte ihm auch das Untertauchen Spaß.

Er hatte auch schon andere Seen besucht, die nicht so transparent waren. Diese waren oft auch überlaufen mit einer vielfältigen Art von Personen. Manchmal waren darunter auch Hundebesitzer, die ihre Tiere nicht an der Leine hielten oder Eltern mit Kleinkindern.

Man konnte also nicht ausschließen, dass auf diese Art Fäkalien in den See gelangten. Viele Algen und Unrat trübten dort zusätzlich den Badespaß.

Man konnte dann auch nicht auf den Boden des Wassers schauen und wusste nicht so recht, wo man hinschwamm.

Allerdings hatte er bezüglich des Badens auch gewisse Ängste.

Michael waren Schlingpflanzen unangenehm, wenn ihn diese berührten. Seine unbegründete Angst lag darin, dass ihn diese ins tiefe Wasser hineinziehen konnten. Warum das so war, konnte er sich selbst nicht so recht begreiflich machen.

Aber auch gewisse Medienberichte zu diesem Thema hatte er schon gelesen, die seine Angst bestärkten.

Jedoch heute und hier war ja zum Glück alles anders.

Die negativen Gedanken blieben fern! Er genoss den Moment zu Tauchen und zu Schwimmen.

Das Wasser war zum Glück ruhig, da kein enormer Wellengang aufkam. Deshalb hielt sich die körperliche Anstrengung für ihn auch in Grenzen. Michael hatte es schließlich auch anders erlebt, als er mehrfach am Meer Urlaub machte.

Dort war es öfters windig, zum Teil schon stürmisch.

Er hatte auch schon erlebt, wie ihn regelrecht die Beine durch die Strömung weggezogen wurden.

Das war ihm zwar nicht unbedingt unangenehm, außer wenn er dabei versehentlich etwas Salzwasser schluckte, aber kraftraubend. Allerdings achtete er im Urlaub auch immer darauf, nur bei grüner Flagge ins Wasser zu gehen - sofern eine vorhanden war.

Das war bei langen Stränden in der Regel der Fall. Bei kleineren Buchten musste man ab und zu suchen oder auf gut Glück rein…

Es wurde ihm aber nicht abverlangt, sich diesen Problemen jetzt zu stellen!

Als Gelegenheit sah er es heute auch, um etwas Sport zu betreiben.

Schwimmen war für ihn mehr eine spielerische Form davon, die allerdings nach längerer Zeit auch energieverzehrend wurde.

Im nächstem Moment schwamm er dann weit raus bis ungefähr zur Hälfte des Sees. Dort angekommen zog es ihn aber auch gleich wieder zurück.

Ihm war nicht danach zu lange zu schwimmen, obwohl er bereits ein großes Stück gepackt hatte.

Ein wenig später konnte er dann auch wieder im Wasser stehen. Dabei atmete Michael als erstes richtig durch und blieb noch eine kurze Weile stehen. Zunächst wollte er nicht die Kraft aufbringen gegen den Widerstand des Wassers zu laufen.

Nach der ganzen Bewegung raffte er sich nochmal kurz auf und legte sich bequemlich auf die Matratze.

Nach einigen Minuten schaute er schließlich auf seine Uhr - es war kurz nach sechs. Michael dachte aber nicht im Traum daran, schon zu gehen.

Generell schwamm er hier immer mindestens zwei Runden, zeitlich sprach auch nichts dagegen zu gehen. Schließlich hatte er gerade mal etwas mehr als eine Stunde bisher hier verbracht.

Ein paar weitere Minuten wollte er aber noch liegenbleiben, bevor es ein weiteres Mal ins Wasser gehen sollte.

Heute schien er ein wenig kraftlos, obwohl er zuvor etwas gegessen hatte. Vielleicht war es ihm auf der Arbeit zu anstrengend gewesen?

Ein Schluck aus seiner Flasche vermochte ihm vielleicht etwas Energie zu schenken. Seinen Körper sonnte er nun noch eine Zeitlang in den angenehmen nicht zu intensiven Sonnenstrahlen.

Bei seinem Teint sah er sich keiner Sonnenbrand-Gefahr ausgesetzt.

Bis auf einen Sommer in den voran gegangenen Jahren hatte er eigentlich nie wirklich einen Sonnenbrand gehabt.

Das waren vielleicht fünf bis sechs Jahre zuvor, als er seinen Urlaub im Süden verbrachte.

Damals war es auch sein erster Urlaub am Meer und er hatte die Sonnenstrahlen, die südlich wesentlich intensiver waren, einfach unterschätzt. Ein Geistesblitz ging dann plötzlich durch seinen Kopf! Michael dachte sich:

„Warum soll ich mich nicht einfach auf dem See treiben lassen?".

Kurze Zeit später bewegte er sich dann auch wieder dem Wasser zu. Die Matratze hatte er dabei unter den Arm geklemmt. Da er bereits einmal im Wasser war, viel im das Eintauchen diesmal wesentlich leichter, auch weil seine Hose noch etwas angefeuchtet war.

Diese war schwarz und rot, von seinem Lieblingsfußballverein. Enganliegend und kurz war sie auch, wegen einer schmalen Größe. Eigentlich trug er eine Konfektionsgröße größer, also Medium.

Diese Sporthose hatte er aber schon sehr lange, sogar noch aus Kinderzeiten. Das Gummiband um den Bunt war zwar ausgeleiert, aber durch eine angebrachte Schnürung konnte er diese befestigen.

Der Vorteil des schnittigen Kleidungsstücks war der, dass dadurch mehr Hautfläche preisgegeben wurde, was beim Bräunen ein Vorteil war.

Im Prinzip wurde nur die Hautfläche unter der Hose nicht gebräunt. Im Sommer konnte man dadurch sehr gut die Farbunterschiede durch die entsprechende Sonneneinstrahlung erkennen.

Michael befand sich wieder knietief im See und die Matratze lag bereits auf dem Wasser. Vorsichtig probierte er sich darauf zu schwingen, um nicht ins Wasser zu fallen.

Die Matratze bewegte sich schließlich leicht auf und ab, was das Vorhaben nicht vereinfachte. Ihm gelang es aber schon beim ersten Versuch, sich darauf zu legen ohne umzukippen. Damit konnte er sich auch seine eigene Geschicklichkeit beweisen.

Mit dem Rücken auf der Matratze deutete sein Blick in Richtung des wolkenfreien sowie hellblauen Himmels. Mittlerweile war es schon kurz vor sieben. Ein leichter Hauch von lila schlich sich bereits auch schon unter die Himmelssphäre. Etwas tiefer in Richtung der Bäume konnte er dann zusätzlich die orange anmutende Abenddämmerung erblicken, die sich langsam einläutete.

Michael formte seine Hände zu einer Art Paddel und bewegte sich durch einige intensive Armschläge vom Ufer weg. So nah am Strand lief er Gefahr auf Grund zu laufen. Als er sich ein Stück bewegt hatte, konnte er zunächst ruhig liegenbleiben.

Eine regelrechte Leichtigkeit kam in ihm auf.

Auf eine gewisse Art und Weise fühlte er sich im positiven Sinne schwerelos, nicht nur körperlich, sondern überwiegend mental. Schließlich lag er nur so da, nur vom Wasser getragen.

Eigentlich war er ja vom Typ eher ein ruheloser Mensch, der stets aktiv sein versuchte.

Nun war er aber auch dazu bereit, die Ruhe zu genießen, zumindest für den Moment.

Nach einiger Zeit wurde er dennoch unruhig. In ihm keimte die Frage auf, wie spät es war. Ihm war es immer wichtig, die Zeit im Blick zu behalten. Allzu lange wollte er nicht am See verbringen, da er am nächsten Tag arbeiten musste und wichtige Aufgaben zu erledigen waren.

Im Wasser konnte er die Zeit ohne Armbanduhr nicht messen.

Deswegen schwamm er zurück an das Ufer und schaute auf sein Handy, dass er in diesem Fall als Zeitmesser nutzte. Obwohl er genügend Armband-Uhren besaß, trug er diese ausschließlich zur Arbeit und nicht in seiner privaten Zeit. Das hatte optische Gründe, da eine Armband-Uhr auch als modisches Accessoire verwendet werden konnte.

Da er fast täglich in einer geschmackvollen Arbeitsrobe im Büro erschien, gehörte ein weiteres Kleidungselement einfach dazu, um nicht so blas zu wirken, ähnlich wie bei Frauen der Schmuck.

Die Uhrzeit war ansonsten überall abzulesen, entweder auf dem Monitor rechts unten oder auf dem Telefondisplay. Genauer war die Zeit ebenfalls, da sie sich per Funk einstellte. Letztendlich war es aber auch die Zeit, nach der er seinen Feierabend richtete.

Die aktuelle Uhrzeit vor Ort konnte ihn jedenfalls wieder etwas ruhig stimmen, da es immer noch nicht zu spät war. Seine Aufregung war im Prinzip unbegründet und seinem Zwang, die Dinge im Blick zu haben, geschuldet. Nachdem er seiner Zwanghaftigkeit nachgekommen war, wurde es ihm wieder gemütlicher.

Trotz zwei bevorstehender Arbeitstage gelang es ihm immer noch zu entspannen. Das lag auch daran, dass es gerade sehr still war.

Aber genau in dieser unscheinbaren Ruhe passierte dann etwas sehr Seltsames….

Mit einem Schlag wurde es sehr dunkel am Horizont und es gab währenddessen einen kurzen aber lauten Knall, der an einen großen Böller erinnerte.

Danach schien etwas vom Himmel zu fallen. Vielleicht war es ein Komet oder ein Stern. Michael konnte zwar die ganze Szenerie verfolgen, dennoch war er sich nicht sicher, ob das Ganze eben real war. Schließlich war danach alles so wie zuvor, dass er auch annehmen konnte, einen kurzen Kreislaufkollaps erlebt zu haben oder einen Blackout.

Es war so eine Situation, wo man im ersten Moment erst mal am eigenen Verstand zweifelte!

Zunächst entschied er sich aber dafür, weiterhin liegen zu bleiben, zu surreal kam ihm die Szene im Vorfeld immer noch vor.

Irgendwie lag aber nun auch eine kryptische Aura in der Luft. Deswegen schaute Michael sich nach einiger Zeit um und blickte auch nochmal in die Himmelssphäre.

Mittlerweile sah es so aus, als würden sich aus dem Nichts kommend rundherum dunkle Wolken bilden. Deshalb schaute er auch nochmals stark verwundert um sich herum!

Ein seltsames Naturschauspiel war in jedem Fall im Gange. Irgendwie war es aber auch so, als würde eine Art unsichtbares Magnetfeld die Schauer von ihm fernhalten!

„Was soll ich jetzt machen?",

fragte er sich.

Michael schien es nun nach Hause zu ziehen, bis er auf weitere Ungereimtheiten stieß.

Ein langer Blick ließ ihn wiederholt in Richtung des Sees schauen. Irgendetwas war definitiv anders, jedoch musste Michael danach suchen!

Bei genauerer Betrachtung konnte er dann etwas finden.

Das Wasser war nun nicht mehr so kraftvoll blau, wie die ganze Zeit zuvor! Ein seltsamer Lichtstrahl unterhalb der Oberfläche ließ das Wasser grünlicher und heller aussehen.

Jetzt einfach zu gehen, schien ihm irgendwie absurd.

Nach dem wundersamen Naturschauspiel wollte Michael eigentlich nicht mehr ins Wasser gehen. Aber die Neugierde hatte ihn nun gepackt und er musste die Situation für sich aufklären.

Deshalb fiel er eine gegenteilige Entscheidung!

Langsam und mit ruhigen Schritten lief er hinein, sein Blick ging dabei weiterhin in die Richtung der Seemitte.

Dort schien das Wasser sogar noch heller zu sein.

Langsam begann er damit, sich auf die Mitte hinzubewegen, indem er den Prozess des Schwimmens einleitete. Die Strecke, die er zuvor hinter sich ließ, musste er erneut in Angriff nehmen.

Zug um Zug schwamm er weiter, während die Minuten vergingen. Michael zog in der Situation ein gemütliches Tempo vor, er wollte auf keinen Fall seine Kräfte zu schnell verzehren.

Letztendlich war er dann nicht mehr weit entfernt von der Mitte des Sees. Genügend Wasser hatte er dabei hinter sich gelassen. Das Anfangs bläuliche Wasser erschien nun grünlicher und heller.

Seine Theorie über ein seltsames Ereignis schien sich irgendwie zu bestätigen.

Ein gelbes Licht kam nun auch von unten zum Vorschein.

Dabei war ihm unklar, auf was er unter Wasser stoßen sollte.

Der erste und vermutlich kleinere Schritt war getan, aber die unangenehme Aufgabe mit dem Untertauchen stand noch aus.

Vorher versuchte er sich an der Oberfläche nochmal ein Bild zu machen, um die Situation richtig einzuschätzen.

Diese lichtartige Gestalt erschien in rundlicher Form, ähnlich einer Glühbirne, dabei aber mit einem sehr satten Gelb-Ton wie an einem hellen Sonnentag. Zeitgleich stellte er sich auch der Frage, ob es ein Leuchtmittel war und es überhaupt dort unten leuchten könne.

Den normalen Gesetzgebenheiten der Physik hätte er seiner Meinung nach einen Stromschlag erleiden müssen, wenn es wirklich so wäre.

Ausnahmen wären aber durchaus möglich bei entsprechender Präparation und Abdichtung.

Um seine Neugier zu befriedigen, kam er nicht drum herum, runter zu gehen. Wie tief er dabei gehen musste, konnte er von hier nicht erahnen.

Ein tiefer Atemzug folgte, dann hielt er die Luft an und tauchte zeitgleich unter. Seine Sicht wurde durch das Wasser betrübt.

Tiefer und tiefer bewegte er sich hinunter, dabei paddelte er sehr kraftvoll unter dem Wasser.

Dieser Moment schien ihm gerade zu, wie eine Ewigkeit vorzukommen.

Der Druck auf die Ohren wurde Stück für Stück immenser. Am Ende erreichte er jedoch sein Ziel. Bis zum Boden schaffte er es schließlich…

Nun wurde für ihn auch erkennbar, was die seltsame Begebenheit verursachte. Ein steinartiger Gegenstand blendete ihn geradezu unter Wasser.

Michael versuchte schnell danach zu greifen, was ihm auch gelang.

Danach wollte er nur noch so schnell wie möglich nach oben.

Die Luft ging ihm schließlich langsam aus.

Oberwasser konnte er dadurch gewinnen, indem er sich hurtig mit seinen Armen und Beinen hoch bewegte.

An der Wasseroberfläche folgten zunächst mehrere lange Atemzüge. Gleichzeitig probierte er auch seine Arme und Beine wieder ruhiger zu bewegen.

Die Aktion zuvor war recht anstrengend gewesen, was nicht an der körperlichen Kraft lag, sondern in diesem Moment fehlte ihm einfach noch etwas Luft.

In seiner rechten Hand hatte er nun einen grellen Gegenstand, den er sich an Land genauer betrachten wollte.

Seine Hoffnung lag darin, sich nicht in seiner Vermutung getäuscht zu haben und einen Wertgegenstand oder etwas Besonderes gefunden zu haben.

Berichte über aus dem All fallende Edelsteine hatte er bereits einigen Medien entnommen. Bei mehreren hunderttausend Gegenständen in der Erdumlaufbahn wäre es auch möglich, dass ihm ein Teil davon zu Gute kam.

Die Reportagen zeigten auch immer mal wieder den hohen Wert der sphärischen Gegenstände auf!

Ein Blick links und rechts der Wasseroberfläche entlang verriet ihm zudem, dass es von den Lichtverhältnissen nicht mehr so war, wie er es noch an Land gesehen hatte.

Den typischen Verlauf des Lichtes von zuvor konnte er nicht wiedererkennen. Es war geradezu so, als hätte man einem kompletten Puzzle ein Teil entnommen.

Jetzt war aber nicht die Zeit, großartig zu rätseln. Das Ding leuchtete noch immer stark in seiner Hand, weshalb er als erstes schnellstmöglich zurückwollte.

Michael setzte den Gedanken auch gleich in die Tat um und schwamm wieder in ordentlicher und kraftsparender Weise zurück.

Ein paar Minuten vergingen schließlich, bis er das Ufer erreichen sollte.

Beim Eintreffen war er zunächst fix und fertig.

Das unbekannte Ding ließ er deswegen seiner Hand hinab auf den sandigen Boden gleiten.

Als nächstes sank er mit seinen Knien auf den Boden nieder und stützte sich kurz mit seinen Armen ab. Er musste einfach einen Moment durchatmen.

Da der Untergang der Sonne voranschritt, beschloss er die nächste Zeit den See zu verlassen.

Außerdem war es immer noch in einem Umkreis von mehreren hundert Metern rund herum um ihn dunkel, da die entstandenen schwarzen Wolken nicht verschwanden.

Das unbekannte Objekt verlor er jedenfalls nicht aus seiner Beachtung, als er seine Sachen akribisch zusammenpackte. Zu hoch war der Aufwand für die Beschaffung.

Danach machte er sich zunächst auf den Weg zu seinem Automobil. Nachdem er sein Auto bestiegen hatte, machte er den Motor an. Weil er ein Cabrio besaß, hätte er auch das Dach öffnen können. In den lauwarmen Temperaturen boten sich optimale Bedingungen für seine Heimfahrt.

Aufgrund der Wolken entschied er sich allerdings dagegen. Keine allzu lange Weile dauerte es, bis er sein zu Hause erreichen sollte. Die Fahrt war trotz minimaler Bedenken ruhig und regenfrei verlaufen.

Zu Hause angekommen legte er seinen Rucksack und die Badeutensilien erst mal ohne weitere Begutachtung zur Seite.

Dann wurde im Haus der Fernseher eingeschaltet und Platz auf dem Sofa genommen! Zu der Zeit liefen gerade die Abendnachrichten. Es waren aber keine interessanten Themen für ihn dabei - immer wieder die gleichen Nachrichten.

Politik, Sport und Klatsch, darauf war er im Moment nicht aus.

„Das beste zum Schluss!",

dachte er sich aber ernsthaft, als die Wetterprognosen angekündigt wurden.

Gutes Wetter sollte es am nächsten Tag geben, sonnig und warm, mit Glück sogar bis zu dreißig Grad Celsius.

Sollte er morgen etwa wieder zum See gehen?

Später ging er langsam zu Bett, schließlich musste er morgen früh raus!

Sechs Uhr morgens am Donnerstag war es, als der Wecker klingelte.

Michael hatte einen CD-Wecker, der ihn mit elektronischer Musik aus dem Schlaf holte. Das Dröhnen der Bässe war aber nicht lange zu hören.

Sobald er wach wurde, stellte er den Wecker sofort aus. Dann wurde das Licht eingeschaltet und der Fernseher, um die Morgennachrichten zu verfolgen.

Danach ging es hurtig unter die Dusche, wo er auch sein Deodorant auftrug und sich ankleidete.

Ein weißes Hemd mit Nadelstreifen und eine schwarze Hose, ebenfalls mit Nadelstreifen, hatte er sich bereits am Vorabend zurechtgelegt!

Dazu trug er eine schwarze Armband-Uhr und eine weiße Seidenkrawatte mit schwarzen Querstreifen.

Die Krawatte hatte er dabei so gebunden, dass die Spitze über dem Hosenbund endete. Ihm gefiel das so am besten. Außerdem hatte er das zwischendurch auch mal in einem Lifestyle-Magazin und im modernen Knigge gelesen.

Zur Stärkung frühstückte er noch eine Kleinigkeit an diesem Tag. Es gab Kaffee, den trank er immer mit Milch und ein wenig Zucker.

Außerdem aß er noch auf die Schnelle vier Toastbrot-Scheiben, die er jeweils nur mit Butter beschmierte.

Auf die Zigarette, die ihm am Morgen nicht zusagte, verzichtete er.

Danach ging es zu seiner Arbeitsstätte. Zehn Minuten Geh-Weg lagen vor ihm. Eine Fahrt mit dem Auto war für ihn nicht rentabel.

Darauf griff er nur in seltensten Fällen zurück, wenn er im Anschluss auf die Arbeit noch woanders hinmusste.

Der Firmenparkplatz wiederum war nicht zentral und lag fünf Minuten von seinem Arbeitsplatz entfernt. Die Hinfahrt dorthin dauerte auch mindestens fünf Minuten.

Das hing aber auch von verschiedenen Verkehrsampeln ab. Mit gutem Willen konnte er im Gegensatz zum Fußmarsch vielleicht drei bis fünf Minuten sparen. Somit war das Ganze aber auch unwirtschaftlich.

Außerdem war es auch gut, morgens Frischluft zu schnappen, wenn er den Abend zuvor beispielsweise zu viel Alkohol getrunken hatte.

Nachdem das Haustor geschlossen war, lief er los. Als erstes folgte eine schmale Gasse mit kleinen Kopfsteinpflastern als Fahrbahn-Belag, die sich bei Regen oder Schnee als sehr rutschig erwiesen.

Danach ging es links und dann gleich rechts diagonal über einen Parkplatz. Diesem folgte eine steile Steintreppe.

Nun bog er gleich rechts ab auf eine lange Gerade.

Zuerst kam er beim Arbeitsamt vorbei. Ein Friseur folgte, direkt darauf eine Pizzeria und ein Lokal.

Gegenüber davon war ein Musikgeschäft für klassische Instrumente.

Ein kleines Stück später folgte dann eine Kirche, etwas weiter versetzt das Rathaus. Gegenüber davon lag ein Museum, dahinter der Marktplatz. Dienstag und Freitag war immer Markttag - heute also nicht!

Wenn man von seiner Position aus den Kopf nach rechts drehte, konnte man in der Ferne eine weitere Kirche sehen. Danach ging es durch eine Fußgänger-Passage voller Geschäfte und Banken.

Ein Drogeriemarkt war darunter, zwei Lotto-Läden, eine Wäscherei, zwei Bäcker, ein Metzger und auch ein Ein-Euro-Shop. Zu diesem Zeitpunkt befand er sich gerade in der Stadtmitte, die in Sommertagen recht gut besucht war, aber erst gegen Mittag.

Das Ende der Passage war bestückt mit dem historischen Amtsgericht und zwei Lokalitäten. Das eine davon war ein Café.

Auf der anderen Straßenseite lag eine Mischung aus Lokal und Kneipe.

Es war das Brauhaus, in dem vor Ort gebrautes Bier angeboten wurde. Ursprünglich war hier mal die Post gewesen. Michael ging daran vorbei Richtung einer Unterführung.

Diese musste er verwenden, um darüber liegende Bahngleise zu umgehen. Ein paar Meter rechts lag der Hauptbahnhof der Stadt.

Man konnte ein leichtes Vibrieren spüren, wenn man durch die Unterführung ging und gerade ein Zug darüberfuhr.

Nach dem Durchqueren ging es zuerst rechts diagonal über den Zebra-Streifen, dann noch mal rechts auf einen leicht gewellten Weg, der mit einem Fahrradweg verbunden war.

Vielleicht waren es jetzt nur noch einhundert Meter. An einem leer stehenden Bürogebäude und Parkplatz vorbei war auch schon das Firmengebäude.

Man konnte zum Teil von außen hineinschauen, zumindest im Winter. Durch die innere Beleuchtung spiegelten die Fenster dann nicht nach außen. Ansonsten konnte man weiter hinten nur die Eingangs-Tür des Büros erkennen.

Wenn es dunkel war, konnte man am Licht ersehen, ob schon jemand im Raum war, da die Bürotür ein kleines Fenster hatte.

Schließlich ging es noch zweimal links an der Pforte vorbei. Mit seinem Werksausweis passierte er zuerst eine Schranke. Diesen legte er auf einen Scanner, der ein vertikales Drehkreuz frei schaltete, wenn der Chip erkannt wurde.

Es oblag, seine Ankunft dann auch noch an einem Zeitautomaten zu registrieren. Heute hatte er seinen Dienst um sechs Uhr dreiundvierzig begonnen.

Daraufhin folgten auf einer langen Gerade drei massive Glastüren, die zum Feuerschutz eingesetzt waren.

Viele Leute hatten sich schon beschwert, da die Türen ziemlich schwer waren!

Noch einmal rechts ab durch eine Tür und er war im Büro angekommen. Michael saß hinten rechts, mit Blick nach Westen. Zur rechten Seite konnte er aus dem Fenster schauen, auf einen riesigen Baum.

Da er für das Arbeiten bezahlt wurde, richtete sich sein Blick woanders hin. Nach einiger Zeit im Büro, in der er viele Arbeiten verrichten konnte, wurde er ein wenig stutzig und fiel in ein paar Überlegungen.

Als er von zu Hause gegangen war, schien noch die Sonne. Er hatte zu dem Zeitpunkt keine Wolke am Himmel gesehen.

Jetzt allerdings sah es doch recht bewölkt aus, dass verriet ihm zumindest ein Blick durch das Fenster.

In den Nachrichten wurde das Wetter aber anders angekündigt. Deswegen fragte er sich schon, wie korrekt Wetterprognosen erstellt werden konnten. Michael verbrachte weitere Stunden damit, seine Dienstzeit abzuarbeiten. Das ging recht schnell, da er viel zu tun hatte.

Kurz nach sechzehn Uhr trat er dann aber seinen verdienten Feierabend an. Den bisherigen Tag hatte er immer mal wieder das Wetter beobachtet.

Soweit war es wolkig geblieben, zum Teil gab es sogar leichten regen. So kam er auch immer wieder zu den Überlegungen zurück, die er bereits zwischendurch hegte.

Michael hatte schließlich drei Viertel seines Heimweges geschafft, als es plötzlich wesentlich klarer wurde.

Es schien nun geradezu so, als würde jeder Schritt nach Hause für besseres Wetter zu sorgen. Aber darüber machte er sich zunächst keine weiteren Gedanken.

Zu Hause angekommen überlegte er erstmals, wie er seine Freizeit am heutigen Tage weiterhin gestalten sollte.

„Ich könnte wieder zum See fahren",

waren seine ersten Gedanken.

Das Wetter war schließlich im Moment gut und der Tag verhältnismäßig jung. Wenn er später gegen dreiundzwanzig Uhr schlafen gehen würde, hätte er immer noch ein ausreichendes Zeitvolumen von sechs Stunden zur Verfügung!

Letztendlich ließ er sich dazu hinreißen zum See zu fahren. Bevor es losging, hatte er noch schnell seine ganzen Sachen zusammengepackt. Michael stieg in sein Cabrio.

Da die Handbremse angezogen war, konnte er das Dach direkt aufmachen. Nachdem das Zündschloss betätigt wurde, ließ er noch mal kurz den Motor aufheulen.

Mit aufgedrehter Musik fuhr er schließlich seine Strecke. Ihm war dabei egal, was andere dachten. Bei älteren Mitbürgern war er es gewohnt, dass diese den Kopf schüttelten.

Junge Frauen dagegen erfreuten sich möglicherweise an der Musik oder am Auto. Jedenfalls fuhr er weiter und weiter in Verbindung mit einer aufkommenden Verwunderung.

Erstaunlicherweise musste er immer mehr feststellen, dass es jetzt dunkler wurde am Horizont.

Eine regelrechte Wolkendecke konnte man am Himmel entdecken, dunkle Wolken, die geradezu andeuten wollten:

„Fahr nur weiter und du wirst nass!"

Die resultierende Entscheidung wurde ihm auch sofort klar und er drehte bei der nächsten Gelegenheit um!

Nach wenigen Minuten war er wieder zu Hause angekommen und stellte fest, dass hier das Wetter plötzlich besser war.

Es sah sogar richtig gut aus. Vor seinem Haus war weit und breit keine Wolke zu sehen, der Himmel war strahlend blau.

Michael dachte sich nichts Weiteres dabei, ging in das Haus und machte Sport. Dann schaute er noch ein wenig Fernsehen. Gegen abends liefen wieder die Nachrichten. Sein Interesse galt vor allem den Wetter-Voraussagen, die ihn zuletzt verwundert hatten.

Die Prognosen waren leider nicht so rosig, es wurden viele Schauer und Regen angekündigt und das für Tage hinweg.

Ihm war es im Moment allerdings recht egal. Ein Blick aus dem Fenster bescherte seinen Augen gute Aussichten und das war es schließlich, was für den Moment zählte.

Am späten Abend machte er sich langsam bettfertig. Glücklicherweise war bereits Donnerstag. Also hatte er nur noch einen Tag Arbeit bis zum verdienten Wochenende.

Um sechs Uhr am nächsten Morgen klingelte sein Wecker. Ein sonniger Tag konnte es werden. So schien es zumindest.

Ein Blick durch die Rollo-Löscher deutete es zumindest an.

Ein hellorange anmutender Schein trat zudem hinein, als er das Rollo schließlich öffnete. Michael stieg also auf.

Danach folgte der typische Morgenverlauf mit Bad-Gang, Kaffee und weiteren Dingen. Um sechs Uhr neunundzwanzig ging er zur Arbeit.

„Was für ein schöner Tag! So könnte es immer sein…"

, dachte er sich beim Verlassen des Hauses:

„und das zum Wochenende!"

Zehn Minuten gehen bei der üblichen Strecke standen zunächst an. Dabei wechselte er seine Hand, die seine Arbeitstasche hielt, auf der Hälfte des Arbeitsweges.

Diesbezüglich hatte er sich auf der Strecke einen Punkt gesetzt, wo er den Wechsel vollzog. Ihm ging es bei der Handlung darum, seine Arme nicht zu einseitig zu belasten.

Wenn er an gewissen Tagen zusätzlich Kaffee oder Milch mitbrachte, machte sich das Gewicht nach einiger Zeit auch in den Armen bemerkbar.

Kurz vor dem geistig markierten Punkt merkte Michael, dass es plötzlich dunkler wurde und Wolken aufzogen.

Es schien so, als sollte der Tag doch nicht so schön werden, wie beim Aufstehen vermutet. Aber es war schließlich noch früh und er musste sowieso einige Stunden auf der Arbeit verbringen. Deswegen sollte er an dieser Stelle keine voreiligen Schlüsse ziehen.

Heute war nicht viel los, so konnte Michael seinen Arbeitstag jedenfalls am besten beschreiben.

Einige Kleinigkeiten erledigte er hurtig, ansonsten verbrachte er noch einige Zeit mit seinen Kolleginnen, machte Scherze.

Früher Verstand er sich mit manchen noch besser, aber da hatte er auch noch männliche Kollegen. Seit einiger Zeit war auch der letzte männliche Kollege gegangen.

Das sorgte dafür, dass sich im Laufe der Zeit das Arbeitsklima verschlechterte, meist aus unnötigen Gründen. Entweder verhielten sich die Kolleginnen unprofessionell oder es gab einfach frauentypische Revierkämpfe, die durch Neid und Missgunst beherrscht wurden. Zwischendurch blickte er auch öfters durch sein Fenster.

Bei gutem Wetter hatte er sich vorgenommen, etwas zu unternehmen, raus zu gehen.

Schlechteres Wetter wollte er dazu nutzen, sich auszuruhen, gemütlich einem eigenen Fernseh-Abend beiwohnen. Die Tendenz ging beim Fernsehen Richtung Fußball, denn es sah absolut nicht nach Wetterbesserungen aus.

Es schien geradezu so, als würde das Wetter stillstehen, selbst die Wolken am Himmel bewegten sich nicht!

In der Zwischenzeit war er wieder zu Hause - im Sonnigen - wie er dort feststellen konnte. Da ihm auf dem Heimweg zu viele finstere Wolken am Himmel auffielen, dachte er nicht daran etwas zu unternehmen.

Es war noch recht früh, gerade mal fünfzehn Uhr. Michael musste einen Moment überlegen, wie er sein Zeitkontingent für sich einsetzen wollte.

Zuerst mal etwas Sport, im Normalfall trainierte er bis zu sechsmal die Woche.

Montag und Dienstag etwas härter mit einer zehn Kilo Zusatz-Gewichts-Weste. Heute machte er aber weniger anstrengendes Training.

Dreißig Liegestütz und achtzehn Klimmzüge mit dem Handrücken entgegen gesetzter Richtung des Gesichts waren die ersten Übungen.

Dann folgten elf Klimmzüge mit dem Handrücken in Richtung Gesicht. Diese waren aufgrund der Handstellung etwas schwieriger.

Zusätzlich machte er noch zweihundert Einheiten diverser Bauchmuskelübungen. Nach der Trainingseinheit trocknete er sich zunächst mal ab und zog sich um.

Die Überlegung, was er den weiteren Tag noch machen sollte, stand im Raum.

Das Training hatte ihn zeitlich schließlich nicht mal eine Stunde gekostet. Verabredet hatte er sich für heute auch nicht, ihm war auch nicht so recht danach sich mit anderen zu treffen.

Außerdem war es vielleicht auch zu kurzfristig, um etwas zu arrangieren. Zwar wurde er selbst ab und an zeitnah auf eine Verabredung angesprochen, er lehnte in diesen Fällen jedoch meistens ab, da er lieber im Voraus plante. Michael hatte heute aber auch nicht genug Geduld, da er sich eigentlich nur mit Frauen verabredete und da dauerte alles öfters ein wenig länger.

Nach einiger Zeit hatte er aber eine, wenn auch nicht gerade innovative Beschäftigung gefunden. Letztendlich gönnte er sich einen Unterhaltungsabend auf der Videospielkonsole. Ein Spiel namens „Mafiakill" hatte er noch nicht durchgespielt und bisher bot ihm dieses Medium ziemlich viel Spaß. In diesem Videospiel ging es im Groben darum, Mafiaboss zu werden. Von klein auf musste er über diverse Tätigkeiten einen Mafia-Clan aufbauen, der sich von Zeit zu Zeit vergrößerte und irgendwann übermächtig werden sollte!

Es war momentan noch früh am Abend und er hatte schon einige Zeit an dem Gerät verbracht.

Sein Mobil-Telefon, es war ein schickes goldenes Klapphandy, war weit entfernt abgelegt um ihn nicht zu stören.

Zwischendurch hatte er noch schnell etwas gegessen, unter anderem Toastbrot mit Butter und Kassler. Zusätzlich gab es dann noch auf den Abend verteilt ein paar Bier und Zigaretten.

In der späten Nacht ging er schließlich zu Bett. Die Nacht von Freitag auf Samstag schlief er meistens besonders lange. Zehn Stunden mindestens, um etwas Schlaf von unter der Woche nachzuholen.

Am darauffolgenden Morgen stieg er dann auf, aber von Morgen konnte man eigentlich nicht mehr reden.

Im Prinzip war es schon Mittag, genauer gesagt gegen elf Uhr dreißig. Nachdem der Rollladen geöffnet war, konnte er als erstes die Sonne und den blauen Himmel entdecken.

„Sauber!",

dachte er sich.

Ihm war irgendwie danach, fort zu gehen.

Deswegen frühstückte er gleich im nächsten Moment, bevor er duschen ging und sich ankleidete.

Michael hatte noch einen leichten Schädel. Vielleicht hatte er am Abend zuvor doch ein oder mehr Bier zu viel getrunken oder er war einfach nur noch ein wenig müde.

Aber deshalb wollte er auch lieber nicht mit dem Auto fahren, weswegen er sich für den Regionalexpress entschied. In jedem Fall wollte er in die nächst größere Stadt. Durch die Bahnfahrt blieben ihm zumindest die Parkplatzprobleme erspart.

Ein wenig stöbern, schauen, vielleicht auch etwas kaufen lag in seinem Sinn. Allerdings war er schon etwas mehr oder weniger knauserig, weshalb er nicht so viel Geld bei sich trug.

Michael war bevorzugter Bargeld-Zahler.

Somit hatte er sein Kapital und seine Ausgaben im Blick und musste nicht seine Gedanken an hohe Kreditkarten-Rechnungen verschwenden. Außerdem konnte er bei seinen Sportwetten, die er regelmäßig abschloss, nur Bar bezahlen.

Sein Geldbeutel war meistens ordentlich gefühlt, also bis zu einhundert Euro hatte er im Regelfall schon dabei.

Eine Kollegin von ihm hatte mal angemerkt, dass er immer so viel Geld bei sich hatte.

Nun ging es zum Hauptbahnhof, praktisch dreiviertel seines Arbeitsweges hatte er dabei zu absolvieren.

Später allerdings nicht durch die Unterführung, sondern rechts vorbei. Sein Zug fuhr von Gleis zwei. Von dort aus konnte er auch das Bürogebäude seiner Firma sehen.

Ohne Verspätung um dreizehn Uhr vier kam der Regionalexpress an. Dass er ihn rechtzeitig erreichte, hatte auch mit Glück zu tun.

Der Fahrkartenautomat wollte erst nicht richtig funktionieren. Für sieben Euro fünfzig erhielt er aber doch noch rechtzeitig sein Ticket.

Weiteres Glück hatte Michael heute auch, weil der Zug nicht sehr voll war und genügend Sitzplätze frei waren.

An Werktagen konnte das ab und an auch schon anders sein, ganz besonders am Morgen.

In der Bahn schaute er sich etwas um, damit er einen Überblick bekam. Durch seine gute Menschenkenntnis konnte er kritische Situationen umgehen. Zudem wollte er auch überprüfen, ob ein paar hübsche Frauen mit an Bord waren. Zwar war er nicht zwingend auf eine Beziehung aus, da er aber Single war, durfte er sich ruhig mal umsehen.

Aber diesmal war nichts dabei. Eher von älteren Menschen, die womöglich keine Fahrtüchtigkeit im Sinne von verlangsamten Reflexen oder Alterserscheinungen hatten, war er umgeben.

Außerdem waren noch viele Jugendliche im Zug. Manch einer sogar betrunken, womöglich ohne Führerschein oder vielleicht aus Sorge darum wurde die Bahnfahrt gewählt.

Unterschiedliche Musikgeräusche konnte Michael während des Transfers mitbekommen, die durch die laut gedrehten Kopfhörer verschiedenster mobiler Elektrogeräte Preis gegeben wurden.

20

Die Fahrt zog sich einige Zeitlang hin, genauer gesagt um die elf Minuten. Zwischendurch hatte der Zug planmäßig zweimal angehalten und kam auf Gleis elf am gewünschten Zielort zum Stehen.

Am Bahnsteig des erreichten Ortes schaute Michael sofort in den Himmel. Trüb sah es aus und grau.

Ein leichter Nieselregen kam ihm zusätzlich entgegen.

Diesbezüglich wirkte er auch ein wenig enttäuscht.

Nachdem es zu Hause so hell und sonnig war, hatte er auch hier besseres Wetter erwartet.

Allerdings musste man in diesem Zusammenhang auch fairerweise erwähnen, dass er sich nun zwanzig Kilometer entfernt aufhielt.

Michael schlenderte zunächst durch die Stadt. Eine Stadt mit einer Bevölkerungsanzahl größer fünfhunderttausend war es, im Stadtzentrum aufgebaut nach Quadraten.

Der Ort wurde deshalb auch im Volksmund Quadrate-Stadt genannt.

Ihm ging es aber nun im Wesentlichen darum, sich einzukleiden und technische Geräte zu begutachten.

Dabei interessierten ihn als Hobby-DJ immer die neuesten Modelle von Platten- sowie CD-Spielern.

Aber ein Kleidungsgeschäft konnte zunächst seine Aufmerksamkeit erringen. Ein großes und bekanntes Geschäft mit mehreren Etagen war es, das von außen mit einer blau verspiegelten Fensterfront glänzte.

Für private Belange war er kleidungstechnisch bestens bestückt. Arbeitsmäßig konnte er dagegen noch das ein oder andere Textil gebrauchen, obwohl sein Kleiderschrank bereits genügend ausgelastet war. Sein Augenmerk fuhr dabei als erstes auf einen eleganten Herren-Anzug.

Ein schwarzer Einreiher mit drei Knöpfen am Sakko, sehr dezente und schmale goldene Nadelstreifen kam dem glänzendschwarzen Stoff hervor.

Je nach Lichtverhältnis konnte man die Streifen deutlicher erkennen.

Der Schnitt des Anzuges war modern ohne Umschlag an den Hosenbeinen und tailliert geschnitten.

Für knappe zweihundert Euro konnte dieser zu seinem Besitz werden, was gemessen an seinem Gehalt eine erschwingliche Investition schien.

Da Michael aber gern geizte, zumindest wenn es um das Ausgeben von Geld ging, war der Preis für seine Verhältnisse trotzdem noch recht anspruchsvoll. Aufgrund der guten Qualität des Artikels entschied er sich schließlich doch zum Erwerb.

Sein Geldbeutel erlaubte ihm aber noch weitere Einkäufe, dafür war er finanziell gesehen ausreichend gebettet.

War der erste Einkauf eingetütet, so schien das Geld etwas lockerer zu sitzen.

Ein weiteres Hemd und eine Krawatte sollten schon noch drin sein – natürlich passend zum Anzug.

Einen kurzen Moment später fielen auch schon die ersten Hemden in sein Blickfeld. Weiß gehörte dabei zu seinen Lieblingsfarben, da praktisch jede andere Farbe damit kombinierbar war, was vor allem die Krawatten betraf. Michael entdeckte schließlich ein interessantes Hemd.

Bei seiner eher schmalen Figur musste er aber ein Hemd in Größe S wählen oder ein etwas kleiner Ausfallendes Textil in Medium.

Er hatte schon erlebt, dass solche Kleidungsstücke zu groß waren und dann komisch aussahen.

Oft war dies der Fall, wenn ein Standardschnitt für Durchschnittsgrößen verwendet wurde.

Dadurch sah das Ganze etwas klobig und unförmig aus.

Bevorzugt waren deshalb körperbetonte Textilien.

Michael wählte schließlich für sich ein Kleidungsstück, dass er ohne langes überlegen kaufen konnte.

Es war natürlich ein weißes Hemd - mehr oder weniger Unifarben - mit ganz leichten weißen Nadelstreifen, die ein wenig bei geänderten Lichtverhältnissen reflektierten.

Um das Kleidungspaket abzuschließen, fehlte nur noch die passende Krawatte.

Gerade da war er sehr eigen und speziell. Krawatten mit Mustern, egal ob gepunktet, gestreift, kariert oder mit Motiv fielen bei ihm durch, bis auf wenige Ausnahmen.

In der Regel musste es eine einfarbige Krawatte sein und er fand auch rasch eine, die ihm zusagte.

Es war eine goldene Krawatte, schmal geschnitten, farblich mit einem angenehmen Schimmer aus Seide.

Kleidungstechnisch hatte er für heute alles besorgt.

Mehr Geld wollte er in diesem Bereich nicht investieren. Allerdings wollte er sich ja noch ein paar elektronische Artikel anschauen, weshalb er in das nächste Geschäft ging.

Hierbei handelte es sich um einen Discount-Markt für Elektronik. Im Regelfall konnte man hier immer etwas finden.

Durch die verschiedenen Verkaufsreihen lief er dann. PC-Komponenten, Video-Spiele und CDs schaute er sich dabei genauer an, konnte diesmal aber nichts finden was ihm zusagte.

Weiterhin wollte er sich noch über spezielle technische Geräte für DJs informieren.

Prinzipiell ging es ihm in erster Linie um die Neuheiten, da er bereits mit Produkten wie Mischpult und Plattenspielern eingedeckt war.

Dafür mußte er sich aber in ein Fach-Geschäft begeben, da solche Produkte hier nicht angeboten wurden.

Der Weg dorthin war nicht angenehm, da es immer noch nieselte und durch die Wolken verdunkelt war. Außerdem wurde es etwas windiger. So hatte er sich das nicht vorgestellt, als er den Beschluss mit dem Stadtbesuch fasste und es zu dem Zeitpunkt noch sonnig war.

Michael ging als erstes die breite Fußgänger-Zone entlang, bis er nach links in eine kleinere Gasse einbog. Ab dort waren es noch einige Meter bis zum gewünschten Objekt.

Dabei kam er an vielen kleineren Geschäften vorbei, die aber nicht sein Interesse wecken konnten.

Nach vielen Metern und einigen Minuten später erreichte er schließlich sein Ziel, das Fach-Geschäft für DJ-Equipment.

Im Geschäft befand er sich keine ganze Minute, bis der erste Verkäufer auf ihn zuging.

„Kann ich Ihnen helfen?",

fragte dieser.

„Nein, danke!",

antwortete Michael in einem freundlichen Ton:

„Ich möchte mich nur ein wenig umschauen."

Danach blickte er um sich.

Zuerst betrachtete er die Kopfhörer. Davon gab es die verschiedensten Modelle. Die meisten mit dicken Ohr-Muscheln in Schwarz, Silber, teilweise Gold, aber auch in den verschiedensten Farben.

Sehr oft waren diese schwenkbar und mit einem drei Meter langen Spiral-Kabel bestückt, welches einseitig montiert war. Das hatte den Sinn, dass man durch ein einseitiges Kabel nicht beim Auflegen gestört wird.

Nachdem er sich die Kopfhörer angesehen hatte, konnte er ein nettes und möglicherweise für ihn interessantes Spielzeug entdecken.

Hierbei handelte es sich um einen sogenannten Hybrid-Player.

Es war ein Mischgerät aus CD- und Schallplatten-Spieler.

Im Prinzip sah das Gerät so aus, wie ein DJ-Turntable, hatte aber zusätzlich vorne einen Slot für CDs.

Die Nadel für das Abspielen von Schallplatten war zusätzlich vorhanden und das Gerät bot auch die Möglichkeit, dass Vinyl und CD gleichzeitig abgespielt werden konnten.

So sehr er auch davon begeistert war, leisten wollte er sich das nicht, obwohl er die Idee klasse fand.

Siebenhundert Euro für zwei Plattenspieler sowie den bereits angefallenen Kosten für die Kleidung waren ihm zu viel Geld für einen Tag.

Außerdem bestand bei ihm kein akuter Bedarf, da noch genügend Titel auf Vinyl erschienen.

Ein Blick außerhalb der Fensterfront verriet ihm zudem, dass der Kauf von technischen Geräten heute eher ungünstig war, weil es unter anderem regnete.

Die Verpackung konnte durchnässen, da er auch noch ein Stück zu laufen hatte und nicht mit dem Auto vor Ort war.

So trat er langsam seinen Heimweg an, indem er zunächst zum Bahnhof ging. Auf Gleis eins sollte sein Zug kommen, davor ging er aber noch in ein Schnell-Restaurant.

Eine Kleinigkeit essen war endlich angesagt, da in der ganzen Hektik auch genügend Zeit vergangen war.

Mittlerweile war bereits zwanzig vor sechs Uhr abends. Drei Hamburger und weitere Minuten später befand er sich am bestimmten Gleis.

Kurz nach sechs sollte sein Zug fahren, also musste er noch einen kurzen Moment warten.

Seine Bahn erreichte planmäßig den Abfahrtsort. Vor dem Anhalten war der Regionalexpress sehr gut gefüllt, aber dann auch wieder rasch leer. Denn es schien so, als würden mehr Menschen hierherkommen, als von diesem Ort weg zu fahren.

Schließlich war ja auch Samstag, ein Tag an dem sich die Kneipen im Normalfall abends gut füllten. Später ging es dann vielleicht noch für viele in die Disko, nachdem sie vorgeglüht hatten.

Egal, ihn brauchte es nicht mehr zu interessieren.

Er fuhr ja nach Hause.

Michael hatte Glück, der Zug war auf der Rückfahrt so leer, dass er eine ganze Sitzbankreihe für sich alleine hatte. Somit konnte er seelenruhig aus dem Fenster schauen und die Wegstrecke auf sich wirken lassen.

Mit gemischten Gefühlen schaute er aus dem Fenster heraus. Irgendwie war wieder die ganze Zeit so seltsam schlechtes Wetter.

Auf der einen Seite war es recht warm, allerdings regnete es dauernd, wenn zwischendurch auch nicht ganz so stark. Das wiederum machte die Luft natürlich schwül und unangenehm.

Die Rückfahrt dauerte nicht lange, währenddessen vergingen circa fünfzehn Minuten. Ein zwischenzeitlicher Stopp war nun etwas länger, als auf dem Hinweg.

Michael wurde weder auf der Hinfahrt, noch auf der Rückfahrt von einem Schaffner kontrolliert.

Ein Moment war es, wo man dachte, sich das Geld hätte sparen zu können. Aber wie ein anständiger Bürger hatte er die volle Kostenübernahme bereits vorab vollzogen.

Etwas schneller waren dann seine Schritte heimwärts, nachdem der Zug den Bahnhof erreichte. Er kam nicht umher, ungefähr die Hälfte der Zeit für die Zugfahrt zu verbringen, bevor er einen Moment die Füße hoch legen konnte…

Geistig war er jedenfalls schon in der entsprechenden Stimmung und er wirkte dabei etwas abwesend.

Plötzlich änderte sich aber das Wetter!

Die unheimliche kryptische Aura vom See lag in der Luft. Es erschien um ihn herum dunkel. Michael steuerte aber auf sein zu Hause.

Fast so, wie er sein Haus verlassen hatte, sollte er es anscheinend erreichen.

Kurz vor seiner Haustür wurde er von seinem Nachbarn angesprochen: „Haben Sie auch den herrlichen Tag im Garten verbracht? So wunderbares Wetter könnte es jeden Tag geben!"

Michael antwortete nur wenig euphorisiert:

„Nein. Ich war den ganzen Tag unterwegs und es hat mehr oder weniger geregnet."

Weitere Worte konnte Michael dann unterbinden, indem er den Nachbarn beschwichtigte. Schließlich konnte er diesen nicht so gut leiden.

Dieser machte oft einen aufgesetzten Eindruck, der nicht ehrlich erschien und zum Teil auch sehr aufgeblasen. Das waren auch genau die Verhaltensweisen, die er nicht mochte.

Endlich war Michael dann zu Hause!

Die Einkäufe wurden als erstes zur Seite gelegt, um einen Moment durchzuatmen. Da er sich gerade im Wohnzimmer befand, entschied er sich dafür, zunächst den Fernseher einzuschalten.

Darin liefen mal wieder die Nachrichten...

Besonderes gab es nicht zu berichten. Das alltägliche Geschwätz der Politik wurde überwiegend gezeigt.

Eine Partei machte die andere nieder. Michael konnte das ja überhaupt nicht leiden, schließlich sollte die Politik lieber versuchen, Menschen zu helfen oder Probleme zu lösen, als sich gegenseitig der Unfähigkeit zu beschuldigen.

Der Sport-Teil war dann auch nicht interessant.

Die Fußball-Ergebnisse wurden nur vorgelesen und seine Lieblingsmannschaft hatte sogar überraschend verloren!

Danach kamen die Wetterprognosen für den nächsten Tag sowie für die weitere Zeit.

Die Voraussagen ähnelten denen ein paar Tage zuvor. Es sollte viel regnen und wenig Sonne geben und das überall auf der Welt!

Michael schaute aus dem Fenster raus und konnte nicht viel vom Prognostizierten erkennen.

Die Sonnenstrahlen, die seine Augen wahrnahmen, brachten ihn aber plötzlich auf eine verrückte und ungewöhnliche Theorie.

Hatte der gelbe Stein, den er fand, etwas mit dem seltsamen Wetterverlauf der letzten Tage zu tun?

Was im ersten Moment wie eine Schnapsidee klang, wurde gleich darauf zu einer ernsthafteren Überlegung.

Zugleich dachte er auch an ein kleines Experiment.

Am nächsten Tag wollte er sich an den See begeben mit dem ominösen Stein und dann das Wetter prüfen...

Bei gutem Wetter konnte der Gegenstand möglicherweise eine besondere Wirkung haben...

Wenn die Wetterlage allerdings eher der heutigen Lage von der Stadt glich, dann war seine Überlegung tatsächlich eine Schnapsidee.

Da er aber auch nicht im Konjunktiv leben wollte, stellte er die Gedanken diesbezüglich zurück und bereitete sich allmählich für den nächsten Tag vor...

D er nächste Morgen - ein Sonntag - brach an. Es war gegen neun Uhr am Morgen.

Michael erwachte langsam und machte sich gemütlich fertig. Nachdem er gefrühstückt hatte, packte er seine Bade-Sachen zusammen. Dabei fiel ihm aber ein, dass ihm noch der seltsame Stein fehlte.

Das war schließlich das wichtigste Utensil für seinen Test.

Wo hatte er ihn hin?

Zuerst schaute er unter seinem Bett nach. Da war nichts. Den leuchtenden Stein hätte er nicht übersehen können. Die Suche nach dem Objekt ging deshalb im Wohnzimmer weiter und auch dort war nichts zu finden. Schließlich stand er dann wieder nach ein paar Minuten im Schlafzimmer.

Die rechte Hand an das Kinn gelegt, mit der ernsthaften Überlegung, wo sich der Stein befand.

Es gab ab und zu Momente, in denen er Sachen kurzfristig vergaß. Jedoch waren es meistens Dinge, die das Kurzzeit-Gedächtnis betrafen.

Michael stand also weiterhin da, der Blick ging rund um das Zimmer. Dann stockten plötzlich seine Augen.

Eine Auffälligkeit entdeckte er. Sein Rucksack wies seltsame lichtbedingte Färbungen auf. Deswegen schaute er sich diesen von innen an.

Tatsächlich befand sich im Rucksack der Stein, unter den Bade-Sachen. Beim Einpacken musste er noch etwas schläfrig und unaufmerksam gewesen sein, deswegen hatte er diesen vorher wohl übersehen.

Da seine Suche erfolgreich war, konnte er nun zum See fahren. Beim rausschauen aus dem Fenster konnte er nur Sonnenschein erkennen, weswegen er sich dazu entschloss mit geöffnetem Dach zu fahren.

Die Wetter-Prognosen vom Vortag standen den jetzigen Bedingungen klar entgegen.

Michael hatte Glück während seiner Fahrt zum See, denn er wurde nicht von Regentropfen heimgesucht. Vielleicht war etwas an seiner Theorie dran. Einige Indizien sprachen jedenfalls dafür, so war unter anderem der Parkplatz beim See nahezu ohne Fahrzeuge.

Ein weiteres Auto konnte Michael nur zählen, welches in der Nähe abgestellt war.

Langsam ging es zu seinem Stammplatz. Der See und die Umgebung waren Menschenmäßig so gut wie ausgestorben. Ein Passant in einen Jogginganzug kam ihm zwischenzeitlich im laufenden Tempo entgegen, vermutlich der Besitzer des anderen Fahrzeuges.

Dieser war zusätzlich mit Mütze und Regenjacke bekleidet. Entweder hatte es vorher geregnet oder es sah für den Mann zumindest so aus. Als der Jogger vorbei war, drehte sich Michael noch mal um, da er annahm leichte Tropfen auf der Regenjacke gesehen zu haben.

Bei genauerem Hinsehen konnte er tatsächlich ein paar Wassertropfen erkennen.

An manchen Stellen war auch der Boden etwas aufgeweicht, teilweise wasserbedingt dunkler. Die ganzen Beobachtungen betrachtete Michael als weiteres Indiz dafür, dass es geregnet haben musste.

Zudem war noch seltsam, dass gerade in diesem Moment nur die Sonne schien.

Nach ein paar Minuten gelangte er zu seinem Ziel, dem weitflächigen Sandboden. Mit positiver Stimmung breitete er seine Decke aus, zog sein T-Shirt und seine Hose aus, legte sich zunächst nieder.

Der Oberkörper war ein wenig nach oben gerichtet, die Arme stützend auf dem Boden manifestiert.

Dann nahm er einen tiefen Atemzug und schaute sich ein wenig um. Für ihn war es sehr verwunderlich, dass zur Mittagszeit und dann noch an einem Sonntag praktisch kein Mensch am See zu treffen war.

Dafür konnte er aber auch eine weitere Theorie für sich ausmachen, wenn er weiter in die Ferne sah. Etwas weiter um ihn rundherum war es doch recht dunkel und bewölkt. Dort waren auch einige Wohngebiete. Die Menschen, die dort lebten, sahen das Wetter vermutlich kritisch, weshalb sie lieber zu Hause blieben oder etwas Anderes machten.

Michael machte es aber nichts aus, dort alleine zu verweilen. Deshalb verbrachte er auch noch einige Zeit am See und im Laufe des Tages wurde es auch nicht unruhiger, denn er konnte weiterhin keine Passanten mehr erkennen.

Nach einigen Stunden war er dann wieder zu Hause. Den Heimweg trat er mit offenem Verdeck an, da kein einziger Regentropfen in seine Nähe kam. Was seine Theorie anbelangte, so fühlte sich Michael fürs erste ein Stück weit bestätigt.

Ihm war aber auch klar, dass Wissenschaft keine Spekulation war. Somit kam er nicht darum herum, weitere Experimente zu vollziehen. Ihm war aber auch nicht so recht klar, was die Ursache war. Dafür wollte er schon eine logische Erklärung finden.

Wie dem auch war, langsam begann der Bauch von Michael zu grummeln. Mittlerweile war früher Abend und er hatte schließlich nur gefrühstückt. Zwischendurch war einiges an Zeit vergangen.

Sein Kühlschrank war jedenfalls ganz gut gefüllt und deshalb entschied er sich dazu, ein dreihundert Gramm großes Stück Käse mit scharfer Obst-Senf-Sauce zu verzehren.

Dazu gab es noch ein Stück Baguette-Brötchen, was er sich zuvor im Ofen aufgebacken hatte.

Während dem Essen schaute er sich die Wetter-Prognosen für die weiteren Tage an, die immer noch nicht angenehm waren und dabei dachte er gleichzeitig weiter.

Die Überlegung bestand darin, wie möglicherweise andere Tests aussehen könnten. Sein Zeitrahmen war momentan nicht so groß, zumindest unter der Woche.

Nach Feierabend ging es für ihn meistens zum Training, da ihm Sport sehr wichtig war. Gute Gewohnheiten sollte man schließlich beibehalten. Außerdem lag ihm noch viel daran, seine Figur zu halten.

Mit den aktualisierten Erkenntnissen aus der Meteorologie hatte er sich weitere Maßnahmen vorgestellt. Michael dachte daran, den Stein mit auf die Arbeit zu nehmen…

Am nächsten Morgen war es dann auch soweit. Es begann ein zweiter Test. Der Stein hatte ihn auf seinen Weg zur Arbeit begleitet, natürlich gut verdeckt im Aktenkoffer.

Zusätzlich hatte er zuvor noch mehrere dunkle Plastiktaschen darüber gepackt. Schließlich wollte er damit nicht auffallen. Einen Verlust wollte er zudem vermeiden, weshalb er auch sehr behutsam war.

Denn dieser Stein könnte ihm vielleicht neue Wege eröffnen!

Der Weg zur Arbeit war jedenfalls sonnig!

Sein Büro wurde ebenfalls mit vielen Sonnenstrahlen geflutet!

Michael schaute raus und überlegte, ob es wirklich an dem Objekt lag.

Ein Kollege sprach ihn zufällig an:

„Was war das wieder für Mistwetter am Wochenende!"

„So ist es halt manchmal.",

antwortete Michael, der etwas über die Aussage des Kollegen nachdenken musste, bevor er sich anderen Dingen widmete.

Einen Moment später kam dann eine nicht näher bekannte Frau vorbei, die sich wiederum bei einer Kollegin aus dem Raum über das Wetter vom vorangegangen Wochenende beschwerte.

Sie kam aber aus einem anderen Ort, als der Kollege zuvor.

Michael kam es zumindest seltsam vor, dass alle über das Wetter redeten. Oftmals gab es auch andere Gesprächsthemen.

Ein typischer Montag war es bisher gewesen, einiges los an diesem Tag. Da er freitags meistens früher Feierabend machte, blieb davon noch etwas an Arbeit zurück!

Im Moment war es ihm aber auch egal. Michael war zu viel Arbeit lieber, als zu wenig. Da verging die Zeit einfach schneller, auch wenn man sich manchmal etwas ausgelaugt fühlte.

In einem unerwarteten Moment bekam er einen Anruf von einer Mitarbeiterin aus dem Bereich der Informations-Technologie. Anscheinend gab es Probleme mit einem Programm, welches in Zusammenarbeit mit Michael erstellt wurde.

Genauer beschrieben mussten Modifikationen im Zuge von Neuerungen geprüft werden. Also wurde er gebeten, persönlich in der Abteilung zu erscheinen, da es von der Bearbeitung am praktikabelsten war, als per Telefon oder E-Mail.

Natürlich sagte er zu!

Da er zeitlich flexibel war, machte er einen sehr kurzfristigen Termin für den gleichen Tag aus. Kurz darauf machte er sich auch schon auf in die andere Abteilung.

Da er flächenmäßig bei einem der größten Betriebe in seiner Stadt arbeitete, mußte er ungefähr einen Kilometer laufen, um die gewünschte Abteilung zu erreichen.

Das gesamte Betriebsareal erstreckte sich nämlich über einige Quadrat-Kilometer. Michael war schließlich unterwegs.

Zuerst ging er eine kleinere Straße entlang, auf der einiges an Verkehr los war. Unter anderem auch, weil sich hier mehrere Lager befanden. Diese unterteilten sich nach Produkten, in erster Linie nach Pumpen und Armaturen.

Aufgrund von verschiedenen LKWs und Lagerstaplern, die sich hier ständig bewegten, war die Straße hoch frequentiert. Kollegen aus den technischen Bereichen grüßte Michael dabei stets. Die meisten davon grüßten auch anstandsgemäß zurück.

Etwas verwunderter wurde er, je weiter er von seinem Arbeitsplatz entfernt war. Am Ende der Straße wurde sein Sichtfeld größer, da die hohen Gebäude, die den Weg vorher verengten, nicht mehr zu sehen waren.

Sein Blick ging daraufhin in den Himmel. Ein seltsames und auffälliges Muster konnte er dort erkennen.

Der Horizont direkt über ihn war noch wolkenlos.

Die Sonne drang ungehindert und mit voller Leuchtkraft bis zum Boden durch. Dagegen war es nicht weit in der Ferne rundherum dunkel.

Irgendwie sah es ungewöhnlich aus, wie ein Lichtkegel.

So etwas hatte Michael zuvor nicht erlebt. Vor allem außerhalb der Sonne war es extrem düster, was gleichzeitig eine seltsame Stimmung erzeugte.

Michael drehte sich auch nochmal um und versuchte sich einen Überblick darüber zu verschaffen, was er da sah.

Seiner Meinung nach hatte er eine Auffälligkeit entdeckt!

Ihm schien es geradezu so aus der Entfernung, als wäre die stärkste Sonnenstrahlung direkt über dem Bürogebäude seines Arbeitsplatzes und dort befand sich gerade der Sonnenstein!

War dieser tatsächlich so etwas, wie ein Sonnen-Magnet oder alles nur ein unglaublicher Zufall?

Diese Frage stellte er sich immer wieder und immer öfter.

Das Arbeitsthema konnte Michael zügig behandeln.

Problemlos richtete er seine Dinge!

Kaum mehr als eine Stunde verbrachte er bei der Kollegin, die er gut leiden konnte.

Eine angenehme Abwechslung war es dort zu sein, fernab von seinen weiblichen Kolleginnen sowie deren Zickenkrieg und Panikmacherei.

Teilweise waren es sehr abstruse Dinge, die er so mitbekam.

Den einen Tag traf zum Beispiel eine Kollegin ein und meinte:

„Die Jenny von BIG-Radio hat sich Extensions machen lassen! Das muss ich mir gleich anschauen!"

Eines anderen Tages schob eine andere Kollegin Panik, da sie seit längerem Schwanger werden wollte, es aber nicht gelang!

Mehrere Arzttermine und Diagnosen später wurde sie panisch, weil der Arzt ihr mitteilte, dass sie Knoten in der Schilddrüse hatte.

Aus medizinischer Sicht war aber alles in Ordnung!

Die Kollegin verfiel aber einem Krankheitswahn und sprach von Krebs oder davon, nicht schwanger werden zu können.

Es gab weitaus mehr seltsame Situationen, so dass Michael manchmal daran dachte, ein Portal der Dummheit wäre in der Nähe.

Auf dem Rückweg zu seinem Arbeitsplatz betrachtete Michael die ganze Wetter-Situation nochmals und es schien alles unverändert zu sein.

Er glaubte nicht mehr an einen Zufall, sondern ging davon aus, dass dem Stein tatsächlich besondere Kräfte vorbehalten waren.

Aber wie konnte man so etwas beweisen?

Kurz nach sechzehn Uhr machte er sich dann auf den Heimweg, nachdem er ein solides und einwandfreies Arbeitspensum absolvierte.

Die wichtigen und dringenden Aufgaben waren erledigt.

Beim Verlassen des Betriebsgeländes grüßte er von weitem noch freundlich einen Kollegen, in dessen Büro er reinschauen konnte.

Sein Kollege erwiderte den Gruß mit einem leichten Nicken und gehobener Hand....

Zu Hause ging Michael schließlich den gewohnten Dingen nach, die ihn wöchentlich erwarteten...

Zunächst trainierte er ein wenig an verschiedenen Geräten, die er besaß. Darunter waren unter anderem Hanteln, eine Bank für Sit-Up´s und ein Tür-Reck für Klimmzüge.

Danach, so gegen achtzehn Uhr, gab es noch was zu essen - sozusagen sein Abendbrot.

Den restlichen Abend verbrachte er dann mit Fernsehen.

Montags lief in der Regel immer ein Fußballspiel der zweiten Liga, welches vollständig und live übertragen wurde.

Dabei spielten meistens Mannschaften, denen Michael nicht emotional zugewandt war.

Was ihn auch oft dazu verleitete, während dem Spiel wegzunicken.

Das mochte aber auch daran liegen, dass er am Wochenende länger wach war und montags etwas ruhiger machen wollte.

An diesem Abend schlief er auch wieder während der Übertragung ein...

Der nächste Tag brach an.

Ein neuer Versuch für einen weiteren Test sollte folgen.

Michael nahm den Stein wieder auf die Arbeit mit. Dass es beim Aufstehen schon hell war, erschien ihm plausibel und er war es mittlerweile auch gewohnt.

Unbeeindruckt davon machte er sich langsam auf, um die morgendlichen Aktivitäten abzuschließen.

Wieder ein ruhiger Arbeitstag sollte es für ihn werden und er traf zwischendurch den Kollegen vom Vortag, der am Fenster gegrüßt hatte. „Kaum zehn Minuten nach dem du weg warst, hat es geregnet! Zukünftig wartest du, bis ich soweit bin und wir können dann zusammengehen!",

sprach der Kollege.

Seine Aussagen waren natürlich nicht ganz ernst und im Spaß gemeint. Michael witzelte zurück:

„Dann müsste ich dich ja nach Hause begleiten, damit du keine Regentropfen abbekommst!"

Die Aussage von Michael basierte auf der Vermutung, dass sein Stein für die Wetterlage verantwortlich war. Sein Kollege und er wohnten allerdings in entgegen gesetzter Richtung, was den Umfang der Sonnenkraft beeinträchtigte.

„Unabhängig von dem Wetter, hast du das Fußballspiel gestern Abend gesehen?",

entgegnete darauf der Kollege.

„Ich bin mittendrin eingeschlafen!",

antwortete Michael.

„Wie geht das? War doch ein spannendes Spiel!",

erwiderte der Kollege etwas überrascht.

„So ist das manchmal, wenn man nicht wirklich für eine Mannschaft ist.", sprach Michael und ging in sein Büro…

Einige Stunden später befand sich Michael schließlich wieder zu Hause.

Den Arbeitstag hatte er wieder gut rumgebracht, wie eigentlich fast immer. Nachdem er gespeist hatte und seinen sportlichen Tätigkeiten nachgekommen war, überlegte er wieder ein wenig.

Ihm kam die Idee möglicherweise Geld damit zu verdienen.

Vielleicht sollte er eine Anzeige schalten mit dem Titel:

„Sie wollen gutes Wetter, Sie kriegen gutes Wetter!"

Diese sollte dann seine Fähigkeiten anpreisen, die Sonne hervor locken zu können.

Wie er aber diesbezüglich weiter vorgehen sollte, war ihm noch nicht ganz klar. Die Anzeige sollte schließlich erfolgreich werden und logische Argumente konnte er noch nicht betiteln.

Nachdem er etwas tiefgründiger darüber nachgedacht hatte, schaltete er einfach am nächsten Tag eine Annonce!

Welche Rubrik er wählen sollte, war ihm nicht so recht klar.

Aus seiner Sicht fiel die ganze Sache in den Unterhaltungsbereich, als eine Art Entertainer...

Danach sollten aber zunächst einige Wochen vergehen. In dieser Zeit hatte sich vom Wetter her nichts geändert!

Die anfängliche Theorie hatte sich somit immer weiter bestätigt.

Überall, wo Michael den Stein mit sich trug, konnte man die Sonne sehen. Ansonsten war es weltweit verregnet oder zumindest stark bewölkt.

Selbst in den Medien war das Wetter ein andauerndes Thema.

Viele Fernseh-Sender berichteten bereits vom schlimmsten Frühling aller Zeiten!

Trotz der ungemütlichen Wetterlage hatte Michael aber keine Aufträge zu seiner Anzeige erhalten.

Anscheinend erschien diese nicht seriös genug oder wurde einfach übersehen...

P lötzlich klingelte sein Festnetztelefon…
„Vielleicht war es ein Auftrag?",
dachte Michael.
Die wenigen Bekannten, die seine Nummer hatten, meldeten sich meistens auf seinem Mobil-Telefon oder per E-Mail.
Einfach so gab er seine Nummer sowieso nicht raus, da er darauf bedacht war, Kontakte nachhaltig zu pflegen. Zudem war ihm seine Privatsphäre sehr wichtig.
„Hallo Michael! Wie geht es dir?",
fragte eine vertraute weibliche Stimme.
Es war seine Mutter, was ihn überraschte, weil er nicht damit gerechnet hatte. „Mir geht es gut!",
antwortete Michael und fügte hinzu:
„Gibt es irgendetwas Besonderes?"
Sie hatten sich eine längere Zeit nicht gehört und gesehen. Das lag vor allem an der räumlichen Trennung von hundertfünfzig Kilometern und weiterhin an Zeitmangel. Dadurch konnte man sich selten treffen.
Die Entfernung hatte sich damals aus beruflichen Gründen ergeben, da er in seiner Region keinen Beruf gefunden hatte.
In ferner Zukunft wollte er sicherlich daran etwas ändern, aber momentan war nicht die Zeit dafür!
Im weiteren Telefongespräch jedenfalls konnte Michael seinen tendenziell positiven Gemütszustand erklären.
Ihm lagen keine körperlichen Beschwerden vor, außerdem hatte er im Gegensatz zu den meisten Menschen viele Sonnentage um sich herum.
Durch sein finanzielles Geschick hatte er auch keine Probleme und Sorgen bezüglich Geldes.
Seiner Familie dagegen ging es nicht ganz so gut.
Gesundheitlich angeschlagen fühlten sich einige Mitglieder.
Aufgrund des üblen Wetters lag auch eine depressive Grundstimmung vor, die verbesserungswürdig war.
Das war schließlich auch der Grund, warum sich seine Mutter eigentlich meldete.
Die Familie wollte Urlaub machen und dafür wollten sie ihren Sohn unbedingt dabeihaben. Gerade weil es schon eine Zeit her war, als sie sich zuletzt gesehen hatten.

Als Urlaubsort wurden südliche Gefilde anvisiert.

Michael musste für einen kurzen Moment überlegen.

Konkrete Urlaubspläne lagen zu diesem Zeitpunkt bei ihm nicht vor.

In diesem Bereich war er auch sehr flexibel.

Zwar war er gezwungen einen Urlaubszeitraum für die Jahresplanung angeben, allerdings war er außerhalb von Ferien-Zeiten unabhängig.

Der Großteil seiner Kolleginnen war aufgrund von Kindern Ferien-gebunden.

Unter Vorbehalt sagte er deshalb seiner Mutter zu, weil er auch darauf Lust hatte. Allerdings wies er auch darauf hin, dass es ihm oblag dieses Vorhaben noch mit seinem Chef abzustimmen.

Ihm war zu dem Zeitpunkt nicht bewusst, ob Termin-Geschichten oder dringende Arbeiten fällig waren…

Eine Woche später war es dann soweit.

Michael traf seine Familie auf dem Flughafen.

Seinen Urlaub hatte er von seinem Chef genehmigt bekommen und konnte somit an der Reise teilnehmen.

Der Flug startete am Samstagabend gegen achtzehn Uhr dreißig.

Michael saß in den hinteren Reihen, in Flugrichtung auf der rechten Seite am Gang. Den Sitzplatz hatten zuvor seine beiden Brüder arrangiert. Ihnen war klar, dass Michael gerne den Flugbetrieb im Auge hatte.

Das lag vor allem daran, dass er kein Freund vom Fliegen war und Ablenkung benötigte.

In seinen bisherigen Flügen konnte er zwischendurch immer mal einen Augenschmaus erkennen, wie es in der Branche so üblich war.

Nach dem Start unterhielten sich die Brüder ein wenig.

Vorher beim Check-in war alles zu hektisch gewesen, um eine intensive Unterhaltung zu führen. Sie waren allesamt weniger als zwei Stunden vorm Flug vor Ort! Die empfohlene Zeit war somit unterschritten.

Der Betrieb auf diesem Flughafen war auch sehr hoch und dadurch phasenweise hektisch. Deswegen wurde nur schnell gegrüßt und eingecheckt.

Das Hauptthema der Brüder im Flug war zunächst mal die Arbeit.

Sie arbeiteten alle im Büro und hatten mehr oder weniger die gleichen Probleme.

Da ging es um die Qualifikation der Kollegen und der Chefs.

Bei diesen Themen konnten sich alle ein wenig rein steigern und aufregen, weshalb sie sich dazu entschlossen das Thema nur kurzweilig zu behandeln. Gerade, weil jetzt Urlaubszeit angesagt war!

Für den Urlaub hatte Michael den Sonnenstein eingepackt. Im Handgepäck konnte er ihn aber nicht mitführen.

Deswegen war dieser in seinem aufgegebenen Koffer.

Ein leicht mulmiges Gefühl diesbezüglich hatte er schon, da man immer wieder von verlorenen Gepäckstücken hörte. Andererseits war Urlaub und dazu gehörte schließlich auch die Sonne, auf die er gemäß seiner Theorie auch nicht verzichten wollte.

Der Flug an sich war ruhig gewesen. Die Zeit dafür betrug gerade mal zwei Stunden. Außerdem gab es keine Turbulenzen und eine sanfte Landung. Nach dem Ausstieg ging es erst mal zu den Gepäckbändern.

Die Nummer des Bandes war sechsundsechzig.

Dort konnten Michael und seine Familie ihre Koffer abholen.

Auf dem Weg dorthin kamen ihm aber zunächst nochmal unangenehme Gedanken.

Vielleicht war er auch etwas zermürbt, da ihn Flüge meistens ermüdeten. „Hoffentlich ist mein Koffer nicht weg!",

dachte er kurz.

Entgegen seiner negativen Gedanken zuvor hatte er aber nach ein paar Minuten keinen Grund mehr darüber nachzudenken.

Sein Koffer mit der nicht alltäglichen Farbe Oliv tauchte unversehrt auf dem Gepäckband auf.

Damals beim Kauf hatte er bewusst darauf verzichtet eine Farbe auszuwählen, die vielleicht schöner aussah und beliebter war.

Lieber wählte er eine praktische Farbe um Verwechslungen auszuschließen. Nachdem er den Koffer ergriffen hatte, prüfte Michael noch mal zur Sicherheit das Namensschild.

Theoretisch gesehen hätte auch eine andere Person ein identisches Gepäckstück besitzen können, was in diesem Fall aber nicht so war.

Gegen einundzwanzig Uhr hatten schließlich alle Familienmitglieder wohlbehalten ihre Koffer zurück. Danach wirkten sie etwas erschöpft. Der Flug war zwar nur kurz, aber die ganze Warterei sorgte nicht gerade für Wachsamkeit.

Für den heutigen Tag waren sie aber noch nicht am Ende. Schließlich war noch der Transfer zum Hotel offen.

Dafür musste zunächst mal ein Ansprechpartner des Veranstalters gefunden werden.

Ein schwarzhaariger Mann mit roter Weste verwies die Familie schließlich auf ihre Plätze. Der Bus mit der Nummer sieben – zwei - eins konnte schnell gefunden werden.

Vor der Fahrt wollte Michael sich eigentlich noch ein Bier holen. Es wäre die perfekte Möglichkeit gewesen, um so auf den Urlaub anzustoßen. Außerdem hatte er Durst!

Aber sein Bruder Christian bremste ihn aus:

„Der Bus kann jeden Moment abfahren! Wir können später etwas im Hotel trinken!"

Nach mehreren Minuten des Wartens ging es dann los. Mittlerweile war es schon dunkel und die Fahrt dauerte auch noch einige Zeit, da der Bus sehr gut gefüllt war und öfters anhielt.

Etwas mehr als eine Stunde später waren sie zum Glück aber angekommen. Es war eine mit drei Sternen ausgezeichnete Apartment-Anlage.

Nach dem Aussteigen konnten sie sich an dem angenehmen Klima erfreuen. Warme Temperaturen um die zwanzig Grad und dazu noch eine ganz leichte Brise, die den Geruch des Meeres antrieb.

Wenn man genau hinhörte, konnte man auch das Meer akustisch wahrnehmen.

Den Moment genießend entschieden sie sich dazu, weitere Zeit draußen stehen zu bleiben. Vor dem Eingangsgebäude der Rezeption hatten zumindest die Raucher unter Ihnen die Gelegenheit ihren Nikotin-Bedarf aufzufüllen.

Danach ging es in die Rezeption zur Anmeldung. Nach weiteren Minuten waren die Formalitäten soweit erledigt und es ging langsam getrennt zu den Räumlichkeiten.

Sie hatten zwei Zimmer erhalten, verteilt auf eine ähnliche Anzahl von Personen. Eine Gruppierung bestand aus den Eltern von Michael, seiner Schwester und deren Tochter. Die andere Gruppe bestand aus den restlichen drei Brüdern.

Der eine Bruder von Michael - Christian – hatte ein paar alkoholische Getränke in seinem Gepäck deponiert.

Hierbei handelte es sich um ein Six-Pack Bier, dass direkt im Kühlschrank platziert wurde. Kurz darauf entschieden sie sich aber schon dazu, drei Flaschen zu Köpfen. Es war noch nicht ganz so spät, genauer gesagt kurz vor zwölf Uhr nachts am Samstag.

Die Brüder waren mal davon ausgegangen, dass irgendwo noch etwas los war. Allerdings war noch keine Hochsaison und sie waren weit entfernt von der typischen Feiermeile, weshalb man sich nie sicher sein konnte.

Die Drei entschieden sich aufgrund der Unsicherheit dazu, um die Häuser zu ziehen. Nachdem sie sich frisch gemacht hatten, gingen sie los.

Sie hatten nun zwei Möglichkeiten:

Der Haupteingang führte sie auf eine größere Straße, eine Hauptstraße sofern man das im Bus erkennen konnte. Hier sollten sich Kneipen und Cafés befinden. Ein Spiel-Saloon und Gelegenheiten zum Telefonieren oder Mailen sollten ebenfalls darunter sein.

Dagegen führte der Hintereingang zum Strand. Gemäß Karte sollten es ungefähr fünfzig Meter bis dahin sein. Weiterhin sagte der Plan aus, dass der Strandabschnitt selbst über Kilometer weit ging mit einer Breite von ungefähr sechzig Metern.

Christian hatte einen gedanklichen Einwurf.

Zu Hause hatte er vorab recherchiert und möglicherweise ein paar Nachtaktivitäten ausgemacht.

In dem eher kleinen Ort sollte es ein Bordell, Nachtclub oder ähnliches geben. Weiterhin sollte auch mindestens eine Diskothek in der näheren Umgebung sein.

Aufgrund der Aussagen gingen sie zunächst die Hauptstraße entlang. Der Strand konnte warten, da es schließlich auch dunkel war.

Im vorderen Bereich der Straße befanden sich dann schließlich viele Bars und Kneipen, die aber zu der Zeit nicht hoch frequentiert waren.

Vereinzelnd befanden sich Leute darin, überwiegend allerdings der älteren Generation geschuldet, ab Mitte vierzig.

Deswegen bestand für sie kein Anreiz dazu, diese Lokalitäten zu betreten. Auf dem weiteren Weg kamen sie dann bei einigen Geschäften vorbei. Geöffnet war aber keines mehr! Darum liefen sie weiter die Hauptstraße entlang.

Irgendwann ging es links ab in eine kleinere Straße, mehr eine Gasse. Das war ein Bereich vermehrt mit Hotelanlagen - mit zum Teil opulenter Größe. Vermutlich waren ältere Gebäude darunter.

Die Landesregierung hatte zwischenzeitlich neue Gesetze erstellt, die Neubauten von Hotels mit mehr als drei Stockwerken untersagten.

Damit wollte man verhindern, dass alles so zugebaut wirkt.

„Moment!",

rief Christian:

„Hier muss irgendwo der Nachtclub sein.

Im Internet stand, das er irgendwo um die Ecke bei einem großen Hotel sein muss!"

Peter, der andere Bruder und gleichzeitig Älteste ergänzte:

„Ich denke auch, dass wir hier richtig sein müssten!

Ich kann aber nichts Auffälliges erkennen!"

Deswegen liefen sie noch ein Stück weiter und an einem größeren Hotelkomplex entdeckten sie schließlich etwas.

Es war das Schild des besagten Nachtclubs. Ihr kurzzeitiges Ziel hatten sie somit erreicht. Allerdings schien der Laden geschlossen zu sein.

Alles war dunkel und die Türen waren mit einem Absperrgitter versehen. Die drei traten ein Stück näher heran und konnten ein kleines Schild erkennen. „Se Vende" stand darauf.

Zusätzlich waren eine Telefon-Nummer und weitere Kontakt-Daten angegeben. Nun war ihnen klar, dass der Club nicht mehr geöffnet und zum Verkauf freigegeben war.

Also ging es weiter, da es noch früh genug war und sie bisher nur wenige Minuten unterwegs waren.

Nach den weiteren Recherchen der Brüder von Michael befand sich noch ein größeres Einkaufszentrum in diesem Ort unweit vom eigenen Hotel.

Sie hofften darauf, dass es weiterhin existierte.

Für den folgenden Tag wurden ein paar Dinge benötigt, die dort eingekauft werden sollten.

Kleinere Geschäfte im Hotel oder in dessen Nähe wollten sie wegen der üblichen Touristen-Abzocke meiden.

Von ihrer Position aus mussten sie nun in nördliche Richtung laufen. Durch eine kleine Straße gelangten sie wieder auf eine Promenade mit Geschäften und Restaurants.

Als sie dann noch ein Stück die Straße entlangliefen, entdeckten sie das Einkaufszentrum. Es war nicht zu übersehen. Ähnlich groß, wie ein Fußball-Stadion eines europäischen Top-Klubs war es.

Sie schauten sich das Objekt nur aus der Ferne an. Der Parkplatz davor war von einigen Jugendlichen belagert, deswegen wollten sie nicht näher ran. Vermutlich war das außerhalb der Geschäftszeiten eine Art von Treffpunkt für jüngere Leute.

Man konnte aber auch aus der Ferne erkennen, dass hier tagsüber Betrieb war, da man Waren durch die Fenster erkennen konnte. Außerdem befand sich das Gebäude in einem ordentlichen Zustand und war nicht runter gewirtschaftet.

Gegenüber vom Einkaufszentrum war eine Art Tanz-Cafe oder Diskothek mit Spiel Saloon.

Darin gab es unter anderem einen Billard-Tisch und eine Darts-Scheibe.

Dort war sehr viel los, vor allem junges Publikum war zu erkennen.

Die drei gingen aber nicht rein, da nur einheimische Menschen vertreten waren und sie ein ungutes Gefühl deswegen hatten. Touristen waren nicht überall auf dieser Insel beliebt.

Der Drang sich großartig weiter umzuschauen legte sich zudem auch nieder, weshalb es langsam zum Hotel gehen sollte.

Auf dem Rückweg versuchten sie noch auf die Schnelle die ein- oder andere Preisinformation für Mietwagen zu bekommen. Eventuell konnten Sie einen entsprechenden Preisaushang finden. Ein Angebot, was ihnen zusagte war aber nicht darunter.

Das eigene Apartment hatten Sie dann kurz darauf auf Anhieb gefunden, da der Orientierungssinn intakt war.

Nach dem zweiten Bier im Zimmer ging es dann langsam zum Schlafen, weil es mit zwei Uhr nachts schon recht spät war und man frühzeitig aufstehen wollte…

Am nächsten Morgen ging es dann weiter, wobei eher von frühem Mittag die Rede war. Es wurde letztendlich doch später, als vormals angedacht.

Die Drei gingen sich nacheinander frisch machen, Duschen, eventuell rasieren, Deodorant auftragen.

Alles was man am Morgen vor dem ersten Kaffee so machte.

Nach dem Frühstück ging es direkt los, da der Urlaubsort noch weiter erkundet werden musste.

In der großen Gruppe inklusive Eltern samt Schwester und Nichte ging es zuerst am sonnigen Strand vorbei, aber nur um sich einen Überblick darüber zu verschaffen.

Es war ein sehr langer Strand mit einer angenehm breiten Liegefläche.

Aus der Ferne konnte man schon erkennen, dass man stellenweise weit ins Wasser gehen und dabei noch stehen bleiben konnte.

Michael hatte seinen besonderen Stein für die Erkundungs-Tour nicht mitgenommen und je weiter sie am Strand entlanggingen, desto dunkler wurde es am Horizont.

Sie orientierten sich schließlich weg vom Wasser Richtung Promenade und Einkaufsmöglichkeiten.

Darauf ging es deswegen an vielen kleinen Geschäften vorbei.

Nach einigen Zwischenstopps in der Einkaufsmeile erreichten sie schließlich das eigentlich gewünschte Einkaufszentrum.

Direkt hinter dem Eingang angekommen blickten sie zunächst mal nach rechts und dann nach links.

Auf der linken Seite befanden sich kleinere Einrichtungen, ein Geschäft für Jeans-Hosen, eines für Zeitschriften, ein Friseur und ein Schuh-Laden.

Auf der rechten Seite war dagegen nur eine Gaststätte, genauer gesagt eine Art Familien-Restaurant mit Toiletten und Spiele Einrichtungen für Kinder. Einige der kleinen Familien-Gruppe nutzten die Möglichkeit, um aufs Klo zu gehen.

Danach ging es dann weiter in das Hauptgeschäft, einen großen Supermarkt in dem man praktisch alles bekommen konnte.

Mit dem Kind und zwei Frauen waren sie nicht so rasch, wie gedacht. Die anwesenden Damen gingen gerne ausgiebig und intensiv einkaufen, um nach Angeboten sowie Schnäppchen zu schauen.

Die gesamte Gruppe hatte schon ein paar Dinge benötigt, weil sie schließlich Selbstverpflegung gebucht hatten.

Unter anderem Obst, Gemüse, aber auch Haushaltsdinge, wie Küchentücher und Spülmittel standen im Fokus.

Die drei Jungs versorgten sich dagegen als erstes mit dem für sie Wichtigsten – Bier! Dadurch waren der kommende Tag und der Abend gerettet.

Nachdem sich alle recht preiswert aus der Affäre gezogen hatten, ging es langsam zurück in das Hotel. Michael, Christian und Peter stießen unterwegs mit alkoholfreiem Bier an, das sie als Wegzerrung genossen.

Im weiteren Verlauf der Zeit beschlossen sie, keine zusätzlichen Unternehmungen an diesem Tage zu machen. Sie wollten lieber darüber diskutieren, welche Möglichkeiten im Urlaub vorlagen und welche davon umgesetzt werden sollten.

Zum Abendessen ging es los. Die Gespräche sollten sogar bis tief in den späten Abend hineingehen. Die Diskussion war jedenfalls lebhaft und die Dinge konnten für alle zufriedenstellend geregelt werden.

Nebenbei kamen aber auch private Themen zur Sprache.

„Wie sieht es aus?

Wie läuft es mit deiner Freundin?",

fragte Michael seinen Bruder Christian.

„Es läuft ganz gut. Wir wollen demnächst zusammenziehen.

Elena möchte auch gerne Kinder. Ich bin mir momentan nicht so sicher, ob es der richtige Zeitpunkt dafür ist.",
antwortete Christian und fragte zurück:
„Und selbst? Was machen die Frauen?"
„Du kennst mich ja!
Ich bin zu sehr der Arbeit verschrieben, um mich um Frauen zu kümmern. Zurzeit kenne ich auch keine Frau, die mich reizt. Das gewisse Prickeln fällt jedenfalls!",
gab Michael zu Protokoll.
Der weitere Bruder Peter äußerte sich nicht zu diesem Thema. Ihm schien es unangenehm zu sein, darüber zu sprechen. Möglicherweise lag es auch daran, weil er kein gutes Händchen hatte für Frauen...

Der nächste Tag brach an! Ein strahlend blauer Himmel war rund um das Hotel zu sehen. Auf dem Tagesplan war unter anderem ein Punkt, den Strand zu besuchen. Allerdings hatten sie dafür noch keine Uhrzeit festgelegt.
Da sie zu diesem Zeitpunkt schon wieder den verspäteten Morgen erreicht hatten, entschieden sich alle dazu, erst am späten Nachmittag gegen vier bis fünf Uhr an den Strand zu gehen.
Der erbarmungslosen Mittagssonne wollten sie sich nicht aussetzen.
Aufgrund der Entscheidung konnten sie vorher ausreichend speisen und Vorbereitungen für den Strand treffen.
Schließlich mussten sie sich noch mit Sonnenschutz-Milch eincremen und Strandsachen, wie Handtücher, Luftmatratzen und Getränke richten.
An manchen Stellen des Strandes sah es von weitem teilweise bewölkt aus, das verriet ein Blick in die Ferne. Deswegen entschied sich Michael dazu, seinen Stein mit zum Strand zu nehmen.
Es ging ihm ja auch darum, eine schöne Zeit mit der Familie zu verbringen. Allerdings musste er diesen unbemerkt und gut versteckt einpacken, was ihm auch gelang. Dafür nutzte er einen eigenen Rucksack für sich.
Die ganze Familie machte sich dann zusammen mit einigen Taschen auf den Weg. Die Bedingungen waren perfekt. Um die dreißig Grad warm war es bei purem Sonnenschein.
Das einzige was geringfügig störte, war der Wind. Phasenweise war dieser deutlich spürbar.
Aber so war es halt meistens in der Nähe von freiem Gewässer. Dafür waren die Wassertemperaturen angenehm warm.

Gegen halb fünf war es, als sie den Strand betraten. Ein feiner heller und leicht aufgewärmter Sand lag auf dem Boden.

Die Platzwahl war nicht sehr kompliziert. Genügend freie Stellen gab es, da einige Touristen bereits den Strand verließen oder dabei waren ihn zu verlassen.

Sicherlich lag das auch daran, dass demnächst Essenszeit war. Leute die Halbpension oder Alles Inklusive gebucht hatten, waren sicherlich auch zeitgebunden.

Aber in der Ferne sah es auch bewölkt und dunkel aus, vermutlich war es so schon den ganzen Tag gewesen.

Die kleine Gruppe hatte sich für einen Platz in der Mitte des Strandes entschieden, etwa zehn Meter vom Meer entfernt.

„Wasser, Wasser!",

rief die Nichte von Michael.

Sie war ein aufgewecktes Kind und sehr aufgeregt, denn es war ihr erster Urlaub am Meer. Die Familie versuchte sie zu beruhigen, schließlich ging es zunächst darum, sich mal nieder zu lassen und platzieren.

Zur Freizeitgestaltung hatten sich die Jungs ein Gummi-Boot mitgebracht. Dieses hatten sie bereits vorab mit Luft gefüllt. Dafür sorgte ein Kompressor mit Netzbetrieb.

Auf dem Weg dorthin gab es deswegen zwischendurch einige Gaffer. Das nahmen sie aber aus praktischen Gründen in Kauf. Michael war so klug und brachte sich zusätzlich noch eine Luftmatratze mit.

Diese war selbstreflektierend.

Der Vorteil darin bestand, dass er ohne sich umdrehen zu müssen von allen Seiten gebräunt wurde. Außerdem fand er sie bequemer, als übliche Liegestühle, die vor allem beim Bauchliegen unbequem waren.

Nach kurzer Zeit hatte Michael seine Kleidung abgestreift, nur seine übliche Sport-Hose seines Lieblings Fußball-Verein nutzte er als Badehose.

Seine Nichte spielte gerade am Wasser, weshalb er die Gelegenheit nutzte, um sich ein wenig hinzulegen.

So wurde er zumindest nicht durch Schreie des Kindes gestört.

Mit geschlossenen Augen lag Michael im Moment gemütlich auf der Matratze. Die Sonnenstrahlung war aber so hoch, dass ein Teil des Lichtes durch die Lider drang.

Eine Sonnenbrille hatte er nicht immer dabei und wenn dem so war, trug er sie selten, tendenziell eher zum Auto fahren.

Muster vom Sonnenbaden zu erhalten, war nicht seine Sache.

Eine seiner Kolleginnen hatte mal nach ihrem Urlaub deutliche Brillenränder im Gesicht, die sich durch die Sonneneinstrahlung beim Wintersport abgezeichnet hatten.

Das gefiel Michael nicht und er wollte solche Muster in seinem Gesicht vermeiden.

Dafür nahm er auch in Kauf, tagsüber mit halb zugekniffenen Augen rum zu laufen.

Nachdem er eine kurze Zeit verweilt hatte, zog es ihn dann doch mal ins Wasser. Für ihn war es irgendwie ein Muss, da er höchstens zweimal im Jahr ans Meer kam und die Wellen erleben konnte.

Das Wasser war anfangs jedenfalls sehr kalt und je weiter er hineinging, desto kälter empfand er es. Allerdings hatte er sich dann doch recht schnell an die kühle Temperatur gewöhnt.

War der Körper einmal ganz im Wasser eingetaucht, dann war alles andere auch viel leichter.

Michael schwamm ein paar Runden im Meer. Überwiegend aber nur dort, wo er auch auf den Boden schauen konnte. Ansonsten hatte er ein ungutes Gefühl, schließlich las er ab und zu über starke Strömungen, bei denen selbst erfahrene Schwimmer ertranken.

Für eine weitere Entfernung im Gewässer wollte er sich schließlich dem mitgebrachten Boot bedienen.

Später war es dann auch endlich soweit, nachdem zuvor schon sein Bruder Christian das Wasser unsicher gemacht hatte. Für eine Weile erhielt er das Boot für sich allein.

Das ganze Vergnügen wurde mit einem Dosenbier und einer Zigarette abgerundet. Es war ein angenehmes Gefühl sich treiben zu lassen.

Der leichte Wellengang bewegte das Boot, ähnlich wie ein Kind im Schaukelbett.

Gegen neunzehn Uhr war dann der Spaß zunächst zu Ende, schließlich wurde es ein Stück kühler und es war auch die Zeit langsam zu gehen.

Sie verließen also den Strand.

Im Apartment machten sich die drei Jungs eigene Gedanken, betreffend den weiteren Verlauf des Abends.

„Disko wäre mal angesagt!",

meinte Christian:

„Vielleicht haben wir Glück und finden diesmal eine Lokalität!"

Seine Anspielung galt dem ersten Tag, als sie ergebnislos nach Unterhaltung schauten.

„Schauen können wir auf jeden Fall mal!",
stimmte auch Michael zu.

Was essen, vielleicht noch ein paar Bier kippen und dann schlafen gehen, wäre wohl die am wenigsten innovative Lösung.

Den weiteren Bruder Peter mussten die beiden etwas mitziehen.

Dieser war doch eher ein Typ, der seinen Abend lieber zu Hause als unterwegs verbrachte.

In Urlaubszeiten hatte er aber dafür nicht genügend Argumente und musste sich indirekt der Mehrheit beugen.

Mittlerweile hatten sie bessere Ortskenntnisse und so entschieden sie in den Nachbarort zu gehen. Dieser war etwas kleiner womöglich mit anderem Tourismus, weshalb das Ganze etwas spannend wurde.

Sie liefen die Passage am Strand entlang in Richtung der Stadtmitte, ungefähr zwei Kilometer oder in Zeit fünfzehn Minuten.

Im Hintergrund war ständig das Meer sichtbar. Geachtet wurde vor allem auf bunte Beleuchtung oder Hinweisschilder. Aber ihren Bedürfnissen konnte bisher nichts gerecht werden.

Die Gegend war recht ausgestorben.

Kurz nach dreiundzwanzig Uhr war nichts mehr los. Vereinzelnd waren nur ein paar Personen unterwegs.

Deshalb entschließen sie sich, zurück zu kehren.

Dieser Abend sollte dann doch abschließend im Hotelzimmer verbracht werden. In geselliger Runder verabschiedeten sie sich langsam in die Nacht.

Der Urlaub neigte sich dem Ende zu und es brach schließlich der letzte Urlaubstag nach einer schönen Zeit an.

Leider war dieser recht kurz, da die Abreise bevorstand.

Die Koffer wurden bereits am Vorabend gepackt.

Nun ging es nur noch darum, die Zeit zum Transfer zu überbrücken.

Der Rückflug war ebenfalls für abendliche Zeit angedacht.

Das Fazit für den Urlaub fiel bei allen Beteiligten durchweg positiv aus. Die Erwartungen wurden erfüllt und der Sonnenstein, sofern er wirklich eine Wirkung hatte, tat seinen Dienst in bester Manier…

Kurz nach Mitternacht war Michael wieder mit seinem Auto auf dem Heimweg.

Sichtlich erschöpft und auch ein wenig wehmütig war er.

Der Abschied von der Familie hatte ihm etwas zugesetzt.

Für die Sentimentalität hatten vor allem seine Nichte und seine Mutter gesorgt, die beim Abschied viele Tränen vergasen.

Michael kam nicht umher, um sie zu trösten:
„Wir werden uns bald wiedersehen!
Ihr braucht nicht zu weinen!"
Der Abschied fiel Ihnen vermutlich auch so schwer, weil sie sich wieder eine längere Zeit nicht sehen würden.
Tapfer versuchte auch er zu sein und drehte die Musik auf.
Die Klänge der elektronischen Bässe und Hochtöne ließen ihn etwas seiner Traurigkeit vergessen…

Mittlerweile war er in seiner Heimatstadt eingetroffen.
Gegen Nacht hatte sich der Verkehr beruhigt und er war kurz davor zu Hause einzutreffen.
Es waren nur noch wenige Straßen zu überqueren, die zu dieser Zeit orange durch Straßenlaternen beleuchtet wurden.
Kurz darauf fuhr er in die Gasse, wo er üblicherweise parkte. Er konnte auf Anhieb einen Parkplatz finden.
Als Michael sein Auto geparkt hatte und die Haustür öffnete, fühlte er sich auf eine gewisse Weise ein wenig erleichterter.
Es war noch alles so, wie er sein zu Hause verlassen hatte.
Niemand hatte bei ihm eingebrochen. Auch kein Feuer zerstörte das Haus.

Seinen Koffer legte er nur noch schnell weg und ging dann direkt ins Bett…

A m darauffolgenden Samstag - dieser war schon über die Hälfte vorbei - stand Michael auf. Es war bereits kurz vor sechzehn Uhr.

Seine weiteren Vorhaben für diesen Tag waren aufgrund von Zeitmangel eher limitiert.

Als erstes zog er sich schludrig an, wusch sein Gesicht und aß einen kleinen Happen zum Frühstück. Danach schaute er zunächst gemütlich Fernsehen und trank ein paar Kaffee.

Nebenbei rauchte er noch ein paar Kippen.

Zu vorangegangener Zeit entdeckte er erst, dass sein Anrufbeantworter leuchtete.

In seiner Abwesenheit bekam er also ein paar Anrufe.

Das Display zeigte eine Zahl von fünf an. Auf seinem Handy, das er daraufhin kurzfristig einschaltete, konnte er ebenfalls erkennen das Kontaktwünsche vorhanden waren.

In seinem Urlaub hatte er dieses nicht dabeigehabt.

Generell verzichtete er in Urlauben darauf, da er nicht gestört werden wollte. Außerdem hatte er noch Angst davor, dass Telefon im Urlaub zu verlieren.

Auf dem Handy hatte er eine SMS erhalten von einer Freundin, die mit ihm etwas unternehmen wollte. Michael hatte wohl vergessen ihr mitzuteilen, dass er Urlaub machte.

Weiterhin hatte er noch zwei Anrufe in Abwesenheit, die ihn für den Moment nicht näher beschäftigten. Deswegen hörte er die Nachrichten vom Anrufbeantworter ab.

Die erste Meldung war wieder von der Freundin, die ihm eine SMS geschickt hatte. Da sie ihn auf dem Mobiltelefon nicht erreichte, probierte sie es nochmal auf dem Festnetz.

Michael nahm sich direkt vor, sich schnellstmöglich bei ihr zu melden.

Aber es waren noch Mitteilungen abzuhören.

Die nächste klang im ersten Moment sehr interessant, da es um die Anzeige ging, die Michael vor seinem Urlaub geschaltet hatte:

„Können Sie vorbeikommen?

Am besten direkt am Mittwoch?",

sprach eine männliche Stimme.

Leider war der besagte Tag längst vorbei!

Die kurze Hoffnung, die durch die Mitteilung geweckt wurde, war im selben Moment wieder zerstört.

Aber es waren noch drei Meldungen übrig!

Die dritte und vierte Nachricht waren jeweils wieder uninteressant.

Die erste davon war ohne Mitteilung und die darauffolgende kam nur von der Arbeit.

Sein Chef wollte wohl etwas zu einem Vorgang wissen, teilte aber im gleichen Moment mit, dass die Angelegenheit nicht dringend war.

Das war dann auch für Michael im Moment nicht so wichtig, da er Montag sowieso wieder zur Arbeit ging.

Grundsätzlich war er schon firmentreu und auch ehrgeizig.

Da er aber zum einen nicht in der entsprechenden Position war und seine Kolleginnen auch nicht gerade vor Arbeitseifer strotzten, dachte er auch mal an sich.

Die letzte Mitteilung war noch abzuhören und diese klang vielversprechend!

"Können Sie am Samstag in einer Woche kommen?

Bitte rufen Sie mich zurück!",

sprach ein Mann auf seinen Anrufbeantworter.

„Sauber!",

dachte sich Michael.

Vielleicht wurde das sein erster Auftrag. Sollte dieser wirklich zustande kommen, so hätte er bereits die entstandenen Urlaubskosten decken können.

Der Rückruf zum vermeintlichen Auftraggeber brachte dann die Bestätigung. Tatsächlich bekam er den Auftrag.

Der Kunde berichtete davon, dass in seinem Ort mäßiges Wetter angekündigt wurde. Für sommerliche Verhältnisse zu kühl und zu verregnet.

Der Mann wollte aber am Wochenende die Hochzeit seiner Tochter feiern und deswegen war er auf gutes Wetter bedacht.

Für Michael war es die perfekte Herausforderung seinen Stein endlich woanders und unter Wettbewerbsbedingungen zu beweisen.

Womöglich bekam er jetzt die endgültige Bestätigung seiner Vermutungen.

Allerdings kam er nicht umher, sich nun auch zu überlegen, was er machen sollte oder wie er vorgehen sollte.

Der Kunde wollte möglicherweise die Gabe von Michael bewiesen bekommen in einer Art Show oder Spektakel.

Vielleicht machte er sich aber auch zu viele Gedanken darüber. Möglicherweise musste er auch nur anwesend sein.

Die Veranstaltung war ja schließlich eine Hochzeit und er wollte zwingend darauf achten, nicht zu sehr im Vordergrund zu stehen.

Er kannte es ja schon von anderen Frauen, die nur auf den einen Tag im Leben fixiert waren.

Würde er sich zu sehr in den Vordergrund stellen, so könnte er viele böse Blicke auf sich ziehen.

Auf der anderen Seite oblag es sich aber auch bei Erfolg, sich entsprechend verkaufen, um weitere Kunden für sich zu werben.

Das Internet brachte ihn deshalb auf eine weitere Idee, als er zwischenzeitlich etwas surfte.

Ein Pop-Up-Fenster warb mit kostenlosen Visitenkarten, die Gelegenheit nahm Michael nach kurzer Überlegung wahr.

„Sun Vision – die Sonne in Ihrem Herzen und darüber", das war der Aufmacher mit dem Michael werben wollte.

Eigentlich war es nur eine Plattitüde, aber es gab bestimmt genügend wenig geistreiche Personen, die man mit solch einfachen Dingen locken konnte.

Vielleicht konnte man es auch als eine Art Verschwörung sehen.

Michael hatte öfters darüber nachgedacht, ein Buch mit Verschwörungstheorien zu schreiben.

Solch Manuskripte verkauften sich immer an bestimmtes Klientel, weil es zu jeder Meinung auch eine Gegenmeinung gab, obwohl diese nicht immer wahrheitsgetreu waren.

Nun ging es aber um seine Visitenkarte.

Als Logo wählte er für sich ein hellblaues Dreieck im Hintergrund mit einem gelben Kreis im Vordergrund in Anspielung von Sonne und blauem Himmel.

Um sich selbst nicht zu blamieren oder die Braut zu brüskieren, wählte Michael für die Veranstaltung eine dezente Werbestrategie.

Sollten die Visiten-Karten rechtzeitig eintreffen, so wollte er sie unauffällig auf der Hochzeitsfeier platzieren.

Normalerweise sollte das auch klappen, wenn die angegebene Lieferzeit nicht überschritten wurde.

Weiterhin hoffte er aber zudem darauf, dass bei Erfolg eine entsprechende Mundpropaganda einsetzen würde.

Sein Klient konnte die Dienste schließlich weiterempfehlen, wenn er zufrieden war…

Am Samstag war dann sein Auftritt, die Woche zuvor brachte er gut rum.

Um acht Uhr fünfundfünfzig war es dann soweit. Entsprechend gekleidet und gestylt erschien Michael bei seinem Auftraggeber, in dem er einen dezenten Anzug trug.

Das Sakko fiel dabei etwas größer aus, damit er in der Innentasche den Stein verstecken konnte.

Der Auftraggeber blickte noch etwas kritisch in den Himmel, ließ aber den vereinbarten Obolus auch kurzfristig an Michael rüberwachsen.

Das Geld fühlte sich jedenfalls gut an. Michael hatte auch nicht vor es zu versteuern.

Der Auftraggeber, ein gewisser Herr Peter, wollte weitere Informationen haben.

„Wie gehen wir vor?",

fragte er neugierig.

„Ich muss bei der Zeremonie dabei sein oder zumindest in der Nähe. Sonst funktioniert die ganze Sache nicht, da meine Fähigkeiten nur räumlich begrenzt sind!",

meinte Michael zuversichtlich und ergänzte:

„Haben Sie eine Idee, wie wir das am besten umsetzen?"

„Ich würde vorschlagen, Sie verhalten sich wie ein normaler Gast. Wenn jemand fragen sollte, sind Sie ein guter Bekannter von mir. Versuchen Sie sich aber im Hintergrund aufzuhalten!",

sprach Herr Peter und wollte weiteres erfahren.

„Was ist das für eine Gabe, die Sie haben beziehungsweise wie wenden Sie diese an?", fragte der Kunde kritisch nach.

Das war eine berechtigte Frage, auf die Michael nicht vorbereitet war! Allerdings hatte er im gleichen Moment eine gute Idee.

Er tischte seinem Auftraggeber spontan ein Märchen auf.

„Mein Vater war Astronaut",

sagte Michael entschlossen und fuhr fort:

„Er hat von einem amerikanischen Kollegen vor langer Zeit Mondpulver erhalten.

Dieses wurde mir bei der Taufe, anstatt Weihwasser über den Kopf gestreut. Im Laufe der Zeit merkte ich bereits, dass etwas bei mir anders war.

Ich wurde von meinen Schulkollegen auch Sonnenkind genannt!

Allerdings habe ich auch erst seit kurzem festgestellt, über welche Fähigkeiten ich wirklich verfüge!"

Herr Peter war etwas erstaunt. Ihm war noch nicht klar, wie das aktuelle Wetter mit der Person von Michael zusammenhing.

„Ich habe mich selbst gewundert, warum das Wetter zuletzt so schlecht geworden ist.

Ein befreundeter Astronom hat mir mitgeteilt, dass es eine Verschiebung der Sterne gab, die dazu geführt hat, dass die Sonnenstrahlen von den Sternen angezogen werden und somit nicht die Erde erreichen.

Das Mondpulver scheint meinen Körper so verändert zu haben, dass er für die Sonne ein Stern ist.

Darum scheint in meiner Gegend immer die Sonne!",

erfand Michael auf die Schnelle eine zusätzliche Ergänzung zu seiner Geschichte.

Herr Peter fragte nicht weiter nach, ihm wurde das ganze vermutlich zu kompliziert und nahm das Gesprochene von Michael so an.

Um halb zehn begann die Trauung, zuerst nur standesamtlich.

Michael dachte darüber nach, warum er jetzt schon da war, schließlich war diese Trauung nicht im Freien.

Aber zu seinem Glück war diese Prozedur auch recht schnell vorbei!

Michael gab dem Ehepaar maximal fünf bis zehn Jahre bis zum Scheitern. In der heutigen Zeit glaubte er nicht mehr an die Ehe.

Die Zeit war zu schnelllebig und die Menschen ohne Charakter, beeinflusst von zu vielen Medien und technischen Geräten.

Jedenfalls bezweifelte er den Sinn dieser Ehe. Die blonde Braut schien zumindest jegliche Bemühungen aufgegeben zu haben für ihren Mann etwas Besonderes zu sein.

Sie machte eher den Eindruck glücklich darüber zu sein noch Jemanden abbekommen zu haben. Zudem sah sie doch recht füllig aus, weit entfernt von einer traumhaften Braut.

Der Bräutigam dagegen war eher ein Frauentyp. Dieser erschien recht groß mit vollem braunen Haar und einer sportlichen Figur.

Michael war der Meinung Angst in seinen Augen zu erkennen, als würde jemand mit einer Pistole hinter ihm stehen.

Vielleicht war es aber einfach nur Nervosität.

Dennoch sah er auch in dem Bräutigam einen Mann, der gewissermaßen sein Leben aufgab.

Vielleicht war er jetzt noch treu, aber wie sah es in der Zukunft aus?

Sicherlich war Michael schnell mit seinen Urteilen, aber er lag meistens richtig!

Das lag sicherlich auch an seinem Beruf, wo er analytische Fähigkeiten für umfassende Auswertungen benötigte und festigen konnte.

Jedenfalls galt es jetzt darum, die kirchliche Trauung abzuschließen. Diese fand in einer großen Kapelle statt. Fraglich war für ihn, wie hoch die Kosten waren. Alles sah sehr pompös geschmückt aus in den zum Großteil dezenten Farbtönen Weiß und Rosa.

Der Aufwand für die Herrichtung musste enorm gewesen sein!

Aus der Sicht von Michael ging auch der zweite Teil der Trauung glücklicherweise zügig vorbei.

Das Brautpaar war auch in diesem großen Rahmen in der Lage gewesen, sich gegenseitig mit einem Ja die ewige Liebe zu schwören.

Im Auto von Herrn Peter ging es dann weiter zur Hochzeitsfeier.

Bisher konnte Michael seine Versprechen mit dem Wetter halten.

Herr Peter fuhr hinter dem Ehepaar her, welches im Cabrio unterwegs war und sah dabei mit Freude auf seine Tochter, weil er ihr den schönsten Tag des Lebens schenken wollte.

Danach blickte dieser kurz mit einem wohlwollenden Ausdruck zu Michael rüber, als wollte er sagen:

„Gut gemacht, dass klappt ja alles, wie am Schnürchen!"

An der Stelle hätte Michael auch gerne nochmal die Werbetrommel gerührt und seine Fähigkeiten gepriesen.

Allerdings ließ er dem Vater den angenehmen Moment genießen.

Nach einer guten halben Stunde mit einem Hupkonzert erreichten mehr oder weniger alle Gäste die offizielle Veranstaltung zur Hochzeit.

Die Lokalität war ein sehr opulenter Ort, genauer gesagt eine Villa mit sehr großem Areal und auf dem Ganzen mindestens ein Swimming-Pool und ein Jacuzzi.

Bei dem Anblick kam Michael der Gedanke auf, ob seine Preispolitik noch richtig war.

Speziell in diesem Fall hätte er vermutlich mehr Geld generieren können.

Er sprach Herrn Peter daraufhin an:

„Sie haben hier ein sehr schönes Anwesen!"

„Wir haben es nur für heute gemietet.

Das Ganze kostet mich allein zehntausend Euro Miete!",

entgegnete Herr Peter und ergänzte:

„Für diesen Tag und meine Tochter war es mir Wert an mein Angespartes zu gehen.

Insgesamt liegen die Gesamtkosten bei einem Jahresgehalt!"

Nach diesen Aussagen des Auftraggebers konnte Michael seine bisherige Preispolitik beibehalten.

Korrekturen nach oben waren zunächst nicht erforderlich. Er sollte jetzt nicht den Fehler machen, nach dem ersten Auftrag abzuheben.

Herr Peter schaute sich um. Kreisrund, aber entfernt um das Anwesen herum waren dunkle Wolken am Horizont zu sehen und er äußerte plötzlich Bedenken:

„Meinen Sie, dass es weiterhin sonnig bleibt?

Es sieht doch rund um das Areal sehr dunkel und gewittrig aus!"

„Sie können sicher sein!

Es wird keine Probleme geben.

Dafür haben Sie mich gebucht!",

antwortete Michael, mit der Selbstsicherheit, dass sein Stein bisher nicht versagt hatte und ergänzte:

„Dass es rund herum so dunkel ist, ist normal.

Meine Fähigkeiten sind räumlich beschränkt.

Am Ende des Tages werden Sie aber zufrieden sein!"

Nach Einbruch der Dunkelheit war es tatsächlich so, wie Michael angekündigt hatte.

Freundlich wurde er von Herrn Peter angesprochen.

„Wenn Sie wollen, können Sie langsam gehen.

Sie haben Ihren Auftrag einwandfrei ohne Beanstandung ausgeführt! Ich bin sehr zufrieden!"

„Sie können mich gerne weiterempfehlen!",

entgegnete Michael daraufhin.

Gegen dreiundzwanzig Uhr ging er dann auch langsam nach Hause.

Für sich selbst war er auch zufrieden, weil alles klappte.

Außerdem gelang es ihm zudem dezent ein paar Visitenkarten zu platzieren, da diese noch rechtzeitig eintrafen.

Zwischendurch hatte er auch mitbekommen, wie anwesende Party-Gäste das schöne Wetter lobten.

Man merkte vielen von ihnen eine Unzufriedenheit an, die mit den aktuellen Wetterverhältnissen zusammenhing.

Der nächste reguläre Arbeitstag stand an. Am Montagmorgen machte sich Michael zügig bereit für die Arbeit.

An diesem Tag entschied er sich für eine schwarze Hose, ein weißes Hemd, eine dunkelblaue Krawatte und schwarze Schuhe als Arbeitskleidung.

Pünktlich kurz vor sieben Uhr erreichte er auch seine Arbeitsstelle.

Auf sein Wochenende hin angesprochen gab Michael keine klaren Auskünfte, er wollte nicht von seinem Auftrag erzählen.

Schließlich hatte er nebenbei Geld kassiert für eine Dienstleistung, ohne Steuern dafür zu zahlen und ohne Genehmigung des Arbeitgebers für eine Nebentätigkeit.

Sicherlich wäre die Hochzeit das perfekte Gesprächsthema für seine Kolleginnen gewesen. Eine von Ihnen hatte selbst kürzlich geheiratet und einen Aufwand veranstaltet, der selbst auf der Arbeit nicht verborgen blieb.

Eine weitere Kollegin war ebenfalls dabei, Hochzeitsvorbereitungen zu treffen. Somit bestand theoretisch die Möglichkeit für Michael, diesbezüglich Inspiration bei den Damen zu erzeugen.

Allerdings war er auch etwas müde und lustlos in Bezug auf private Gespräche, deswegen hatte sich die Thematik gleich erledigt.

Nach einigen Stunden an Unternehmensaufgaben hatte er auch sein Arbeitssoll erfüllt und ging rasch nach Hause.

Gespannt war er darauf, ob sich weitere Kunden gemeldet hatten.

Deswegen überprüfte er zu Hause angekommen als Erstes seinen Anrufbeantworter auf eingegangene Anrufe.

Etwas enttäuscht war er schon, als er ablesen konnte, dass kein Anruf erfolgt war. Auf seinem Mobil-Telefon konnte er ebenfalls keine Anrufe registrieren. Leicht niedergeschlagen bereitete er sich seine Hauptmahlzeit auf.

Vermutlich hatte er die Erwartungen für weitere Aufträge zu hoch gesetzt. Zum Essen wollte er sich eine Portion Rühreier machen, als plötzlich etwas Unerwartetes geschah.

Michael wurde dann doch durch einen Anruf gestört!

Normalerweise erwartete er keine Telefonate, weshalb er von einem weiteren Geschäft ausging.

Wie sich dann auch im Gespräch rausstellte, handelte es sich tatsächlich um einen weiteren Auftrag zur seiner Anzeige!

Anders als beim ersten Mal sollte er diesmal auf einem Kinder-Geburtstag aufschlagen. Seine Überlegungen lagen jedenfalls darin, dass die Eltern des Kindes nur das Beste für ihren Jungen wollten und deshalb bereit waren, Geld zu investieren.

Allerdings spielte das auch keine Rolle für ihn, solange ihm der Zuschlag erteilt wurde.

Einen Obolus von fünfhundert Euro mussten die Eltern schon berappen und dafür machte er es ja auch.

Für die Veranstaltung überlegte sich Michael als Clown zu verkleiden. Allerdings nicht als typischer Rotnasenträger, sondern etwas moderner in einer Variante aus Gold und Silber.

Damit konnte er seine Dienstleistung zusätzlich durch optische Mittel bewerben…

Am nächsten Wochenende war es dann soweit.

Der Kinder-Geburtstag stand an. Michael war sich noch nicht so recht bewusst, ob er sich freuen oder nicht freuen sollte. Seiner Meinung nach war er nicht gut mit Kindern, weil ihm diese zu widersprüchlich waren.

Auf der anderen Seite kam der Auftrag von einer alleinstehenden Frau, die er bereits unter der Woche getroffen hatte, um Vorbereitung und Abläufe der Party zu besprechen.

Michael meinte zu glauben, dass ihm seine Klientin schöne Augen gemacht hatte. Zumindest schien sie sehr offen zu sein und sah nebenbei bemerkt auch richtig gut aus!

Sie hatte eine schlanke Figur bei mittlerer Körpergröße, meeresblaue Augen und wunderschöne lange blonde Haare, die unter einer hochgesteckten Frisur versteckt waren. So konnte man sie am besten beschreiben.

Jedenfalls ging Michael davon aus, dass weitere alleinstehende Frauen vor Ort waren. Das war ja auch nichts Besonderes, sogar fast schon normal.

Da diese Art von Frauen nicht zimperlich war, konnte Michael von möglichen Avancen ausgehen.

Um zehn Uhr machte er sich frühzeitig auf den Weg. Für ihn ging es schließlich um einen halben Tausender und da musste alles professionell ablaufen!

Überpünktlich erreichte er sein Ziel, da das Verkehrsaufkommen entsprechend angenehm und ruhig war. Gegen elf Uhr sollte es eigentlich erst losgehen. Einunddreißig Minuten vorher erreichte er aber schon sein Ziel.

Da er um die Ecke ein Lebensmittelgeschäft sah, wollte er sich vorher noch eine Cola kaufen und eine rauchen.

Die Verkäuferin im Geschäft sah Michael etwas ungläubig an, da er sich für die Kinder-Fete verkleidet hatte und dazu noch etwas unorthodox fern jedes klassischen Clowns.

Zum Glück war in dem Geschäft so gut wie kein Betrieb, somit blieben ihm weitere unangenehme Blicke erspart.

Nach dem Getränk und der Fluppe, die er sich bei seinem Fahrzeug gönnte, machte er sich auf den Weg zu seiner Auftraggeberin und er staunte dann auch nicht schlecht, als ihm die Tür geöffnet wurde.

Im ersten Moment konnte er nur Frauen erblicken, soweit das Auge reichte. Davon waren einige sehr gutaussehend und deren Blicke waren neugierig bis interessiert!

Im nächsten Moment wurde er aber auch gleich wieder von der Realität eingeholt!

„Die Kinder sind im Garten!",

sagte eine der Frauen.

Eine andere wiederum war verwundert und zugleich begeistert.

Es hatte schließlich vorher den ganzen Tag geregnet und nach seinem Erscheinen zeigte sich die Sonne, so wie er es in seiner Anzeige beworben hatte.

Die begeisterte Frau sprach ihn an und für Michael klang das schon nach weiteren Aufträgen.

Mundpropaganda war schließlich einer der wichtigsten Marketingeinflüsse. „Kann ich Ihnen etwas zu trinken geben?",

fragte dann die Auftraggeberin freundlich.

„Danke, ich habe gerade etwas getrunken.",

entgegnete Michael und machte sich langsam auf den Weg zum Garten.

Für seinen Auftritt hatte er sich eine Art Zepter erstellt.

Dafür verwendete er einen Geh-Stock mit abmontiertem Griff und befestigte darauf einen Tennisball. Darin versteckte er seinen Stein.

Somit konnte er diesen unauffällig mit sich führen.

Ihm ging es nicht darum, für die Kinder den Clown zu spielen, sondern er wollte eher als Unterhalter dienen, so Art Pantomime.

Die Kinder freuten sich jedenfalls und waren begeistert, er wurde stürmisch begrüßt.

Michael dagegen machte auf kühl und verschiedene Gesten, wobei er etwas unbeholfen wirkte, da er kein wirkliches Programm hatte.

Irgendwie brachte er als Clown den Tag rum, trotz seiner eher mäßigen Aufführung schienen die Frauen entzückt und sein Grundversprechen mit andauerndem Sonnenschein konnte er ebenfalls halten.

Dementsprechend war er auch für sich zufrieden, erst recht als er sich mal wieder ein Geldbündel einstecken durfte und die Handy-Nummer der Auftraggeberin lag auch bei, falls er mal Lust auf einen Kaffee hatte…

Als Gegenleistung hatte Michael aber nur ein paar Visiten-Karten zurückgelassen.

Natürlich nicht um den Frauen Getränke zu spendieren, sondern in der Hoffnung, Aufträge zu erlangen und Geld zu verdienen.

Unter der Woche hatte Michael wieder einige Anrufe erhalten. Es waren auch Avancen mit dabei. Allerdings waren für ihn die Aufträge wichtiger.

Die frivolen Anfragen musste er allein schon aus Zeitgründen absagen, denn für diese Woche hatten sich plötzlich vier Aufträge angekündigt. Es schien geradezu so, als würde sein Geschäft langsam anrollen.

Michael konnte diese gerade so arrangieren, da er deswegen nämlich ein kleines Problem hatte.

Für Samstag hatte er gleich zwei Aufträge und diese mussten irgendwie zeitlich untergebracht werden.

Durch Charme und Diplomatie gelang es ihm, diese entsprechend zu terminieren. Dadurch ging ihm auch nichts verloren.

Zusätzlich hatte er noch einen weiteren Termin für Freitag und Sonntag. Wenn das alles klappte, hatte er zwei Riesen an einem Wochenende verdient. Eine ziemlich gute Ausbeute. Soviel erhielt er nicht mal pro Monat in netto in seinem gelernten Beruf!

Deswegen kamen ihm auch schon leichte Überlegungen für die Zukunft in den Kopf, bei den Geldern konnte man schon mal darüber nachdenken zu kündigen.

Preisanpassungen waren dann unter Umständen auch überlegenswert, schließlich war die Nachfrage für den Preis bestimmend und bei mehreren Aufträgen an einem Tag sollte das lukrativste Angebot den Zuschlag erhalten…

Mittlerweile hatten wir Sonntag, kurz nach sechzehn Uhr und Michael bekam sein viertes Geldbündel für das Wochenende zugesteckt.

Bei dem laufenden Auftrag handelte es sich wieder um einen Kindergeburtstag, aber die meisten Gäste hatten mittlerweile die Feier verlassen.

Das Geburtstagskind ebenso, weil es sich um ein Scheidungskind handelte und der Vater den restlichen Tag mit dem Junior verbringen wollte.

Seine Auftraggeberin brachte ihm noch einen Kaffee.

Dabei hatte er schon ein seltsames Gefühl. Jedenfalls nahm er ihre sehr intensiven Blicke zur Kenntnis und er konnte auch die harten Nippel der Frau erkennen, die unter der Bluse hervorstachen.

Die Klientin war eine hübsche Brünette, die langsam die letzten Gäste zur Tür brachte. Darunter war auch ihre beste Freundin, mit der sie zuletzt noch herzhaft lachte.

Michael war zu dem Zeitpunkt klar, dass die nächsten Momente wohl etwas intensiver sein würden. Auch er wurde deshalb ein wenig nervös, schließlich war es für ihn nichts Alltägliches, von einer Frau verführt zu werden.

Die Dame, Katja war ihr Name, kam langsam wieder zurück.

Man konnte es klar hören, wie die Absätze ihrer Pumps bei jedem Schritt einen dumpfen Klang erzeugten.

Michael saß auf ihrer roten Ledercouch und sie setzte sich direkt daneben.

Es passte kein Blatt mehr zwischen die Beiden und Katja lehnte sich etwas rüber mit ihrem Oberkörper.

Dabei war sie so geschickt, dass ihre Brust den Körper von Michael berührte ohne dabei plump zu wirken.

Katja schaute ihm dann tief in die Augen und fragte aufreizend:

„Wollen wir es uns oben etwas gemütlicher machen?"

Michael überlegte nicht lange.

Schließlich war ihm mehr oder weniger klar, was sie wollte und deshalb nahm er das Angebot gerne an.

Für seine Entscheidung wurde er mit dem vollen Programm belohnt und er konnte seine Dankbarkeit auch zurückgeben, mit Ausdauer und Variation. Nach zwei Stunden intensivster Unterhaltung machte sich Michael langsam auf den Heimweg.

Er war zwar sprichwörtlich etwas ausgelaugt und geschafft, dennoch aber in bester Laune.

Es war bereits kurz nach acht Uhr, als er zu Hause eintraf.

Zunächst ging es unter die Dusche.

Normalerweise rasierte er sich nur einmal wöchentlich im Gesicht, weil er nur einen leichten Bartwuchs hatte und in dieser Beziehung auch etwas bequem war.

Heute hatte er aber keine Lust dazu und machte sich nach einem Schlaftrunk kurzfristig auf zur Nächtigung…

Am nächsten Morgen saß er im Büro. Mittlerweile war es bereits gegen zehn Uhr. Die Frühstückspause war schon einige Zeit vorbei und Michael mußte noch das am Wochenende Geschehene verarbeiten.

Auf der einen Seite hatte er die unterhaltende Tätigkeit, bei der er mit überschaubarem Aufwand gutes Geld verdienen konnte und auf der anderen Seite seinen regulären Beruf.

Dieser war ihm etwas lästig geworden, da seine zum Teil zu menschlichen Kollegen ihn an den Rand des Wahnsinns brachten.

Konnte er noch in der Nebentätigkeit neue Leute kennenlernen und das Abenteuer, so musste er sich im Büro mit verzweifelten Damen rumplagen. Diese wurden anscheinend von Tag zu Tag dümmer und waren nicht bereit, ihre geistigen Grenzen zu öffnen.

Wenn man es bildlich sehen wollte, konnte man sagen: er saß in einem trüben Raum voller Nebel und voller Dunkelheit.

Diese Thematik beschäftigte ihn nach den mehrfachen Aufträgen öfters! Er sah ein wenig die Möglichkeit in Zukunft Dinge zu ändern.

Allerdings war er noch etwas davon entfernt, seine reguläre Tätigkeit aufzugeben.

Michael brachte diesen Arbeitstag trotz aller Widrigkeiten recht gut rum.

Vom Zeitgefühl hätte es ruhig etwas fixer gehen können.

Am Ausgang der Firma angekommen atmete er zunächst tief durch, dann ging der Blick Richtung Himmel.

Seinen Stein hatte er dabei und somit waren ihm auch die Sonnenstrahlen treu. Seine Laune war jedenfalls prächtig, auf dem Weg nach Hause.

Nach den letzten Wochenenden hoffte er auf weitere Abwechslung und neue Aufträgen, darauf war er etwas vorfreudig gespannt.

Mittlerweile routinemäßig ging er zu Hause im ersten Schritt an das Festnetz-Telefon, um den Anrufbeantworter abzuhören und wie zuletzt, war auch wieder eine Meldung darauf.

Aus irgendwelchen Gründen trauten sich die Leute anscheinend nicht, die Handy-Nummer zu wählen, die Michael ja ebenfalls in seiner Anzeige angab. Allerdings war es auch so, dass er einige Telefonate einfach nicht mitbekommen hatte, da sein Mobil-Telefon stets auf lautlos gestellt war und er nicht achtgab.

In der Firma, aber auch privat, hatte sein Handy keinen Vorrang vorm Alltag. Deswegen beachtete er es auch nur zweitrangig, was ihm viele verpasste Anrufe einbrachte.

Eine Bekannte eines vorherigen Auftragnehmers hatte angerufen und bat um dringenden Rückruf!

Sie gab auch schon auf der Sprachnachricht an, dass ein höheres Honorar für ihn eingeplant war.

Michael wollte den zahlenden Kunden nicht zu lange warten lassen, weshalb er gleich zurückrief. Im nächsten Moment hatte er auch die Frau am Apparat. Sie schilderte, dass sie Michael für Samstag dringend benötigte. Genauer gesagt war es ihr Mann, da dieser eine sehr wichtige Geschäftsfeier veranstalten wollte.

Für die Klienten war es deswegen auch eine Verständlichkeit, das doppelte Honorar zu erbringen.

Michael konnte sich noch gut an den damaligen Auftrag erinnern, genauer gesagt an die Lokalität. Der Auftrag fand nämlich in einer opulenten Villa mit großzügigem Areal statt. Auch deswegen sagte er zu.

Entgegen der vorangegangen zwei Wochenenden war die Auftragslage noch recht flau gewesen. Bisher hatte er nur den einen Auftrag bekommen und weitere deuteten sich auch noch nicht an.

„Ein Auftrag ist besser als keiner!",

dachte sich Michael und machte sich dann samstags auf den Weg zur Geschäftsfeier.

Anders, als bisher, war er diesmal noch dezenter gekleidet.

Sein Kunde bestand darauf.

Dieser wollte unbedingt seriös wirken und auf keinen Fall den Eindruck erzeugen an möglichen Hokuspokus zu glauben!

Das Geschäft von Michael war ja nicht gerade seriös beziehungsweise wirkte es nicht dementsprechend.

Dennoch war es für ihn natürlich auch keine gute Situation, schließlich konnte er keine Werbung in eigener Sache machen.

Positiv betrachtet musste er aber zumindest nicht rumlaufen, wie ein Clown oder Ähnliches.

Auf der Feier gab Michael an, dass er der Neffe vom Auftraggeber war. Das hatte der Auftraggeber vorab mit ihm so ausgemacht. Weiterhin bemerkte er auf der Veranstaltung, dass er nicht groß auffiel, so wie vom Kunden gewünscht.

Viele der Gäste hatten, wie er selbst, einen schwarzen Anzug an und ein helles Hemd.

Der Auftraggeber Herr Krohm begrüßte Michael nach seiner Ankunft und stellte ihn einigen wichtigen Geschäftspartnern vor.

Die Gästeliste war recht international, deshalb wurde auch in verschiedenen Sprachen kommuniziert.

Man konnte aufgrund der Kleidung und der Verhaltensweisen auch erahnen, dass viele Geschäftspartner hochrangig waren. Die Feier war jedenfalls sehr im geschäftlichen Sinne.

Die Gäste verhielten sich recht leger, aber alles im Rahmen von geschäftlichen Beziehungen. Nüchtern betrachtet schien alles doch eher distanziert und zurückhaltend mit den geschäftstypischen Einlagen bei der Begrüßung und Unterhaltung.

Klamauk oder Späße, wie zum Beispiel bei einem Betriebsausflug gab es auf dieser Veranstaltung nicht. Schließlich wäre das unprofessionell und daher nicht angebracht.

Die musikalische Untermalung war seicht. Die Klänge von unbefangenem Jazz schallten in gemäßigter Lautstärke durch die Atmosphäre.

Eine Live-Band sorgte dafür.

Auf der Feier wurde Michael plötzlich von einem Russen angesprochen.

Auf den ersten Blick machte dieser einen unsympathischen Eindruck.

Der Geschäftsmann war Michael auch nicht wirklich geheuer weil er laut war und aufdringlich wirkte!

Die weibliche Begleitung des Russen war Michael dagegen wesentlich sympathischer. Vermutlich war sie ein Modell, optisch auf jeden Fall ohne Makel und im Vergleich zu ihrem Mann wesentlich jünger.

Veredelt wurde die Dame durch gut sichtbare Schmuckstücke. Es sah so aus, als wären diese aus reinstem Gold und edlen Diamanten.

Michael bekam viel vom Geschäftsmann zu hören, was dann auch seine ersten Eindrücke wieder spiegelte.

Dieser prahlte mit seinem Eigentum.

Unter anderem mit seinen Yachten, von denen er mindestens drei besaß, davon war eine mindestens vierzig Meter lang.

Ein Privat-Jet mit Sitzen aus Hirsch-Leder, unzählige Automobile und Immobilien erwähnte er noch.

Natürlich waren diese Gegenstände auch weltweit verteilt.

Für den Geschäftsmann schien, dass alles selbstverständlich zu sein.

Das seltsame an der ganzen Situation war jedoch, dass diese Person nicht bei jedem Gesprächspartner so angab.

Michael wurde anscheinend gezielt angesprochen, als wollte der Russe ihm auf irgendeine Art und Weise etwas mitteilen...

Wie auch immer, Michael brachte die Veranstaltung bestmöglich rum und weil alles reibungslos im Sinne vom Wetter funktionierte, bekam er vom Auftraggeber einen kleinen Erfolgsbonus von fünfhundert Euro.

Für Michael war das schon viel Wert. Seinem Ziel, unabhängig zu werden, kam er Stück für Stück näher!

Der Auftraggeber dagegen konnte solche Beträge sicherlich aus der Portokasse entnehmen. Das spiegelte zumindest die Veranstaltung und das opulente Ambiente...

D ie Tage und Wochen gingen vorbei…

In dieser Zeit gab es seltsamerweise keine Aufträge für Michael und er rechnete auch nicht damit, kurzfristig welche zu bekommen.

Plötzlich stand er davor seine Geschäftsidee wider sacken zu lassen und nur den normalen Arbeitsweg zu gehen. Es schien geradezu so, als würde es auch Holpersteine für seinen einzigartigen Geschäftszweig geben.

Anders konnte er es sicherlich auch nicht erwarten, dass alles immer rund lief.

Die Art seines Geschäftes war sicherlich innovativ und einzigartig, auf der anderen Seite aber sicherlich nicht sehr seriös, obwohl er seine Aufgaben stets erfolgreich meisterte.

Vielleicht müsste er noch etwas Zeit abwarten?

Eines Tages - es war ein Donnerstag - bekam er dann doch einen Auftrag und den konnte er nicht absagen.

Denn der Auftrag kam vom ominösen Russen, den er bei dem zuletzt stattgefundenen Auftrag erst kennengelernt hatte!

„Ich brauche Sie!",

sagte dieser in etwas gebrochener Stimme und mit einer gewissen Entschlossenheit, die keine Absage duldete!

Michael wäre am liebsten nicht darauf eingegangen, aber er wollte sich auch nicht in Probleme verstricken.

Möglicherweise war dieser Mann in der Russen-Mafia. Zumindest reich und mächtig war es, was Michael beim damaligen Auftrag so ersehen konnte.

Allerdings gab es auch eine positive Sache an dem Ganzen. Der Oligarch war äußerst spendabel!

Für zwei Tage lies dieser einen Obolus von zwanzig Tausend Euro springen. Für Michael entsprach das nahe einem Netto-Jahres-Gehalt!

Zu dem unguten Gefühl bezüglich der Person kam aber noch ein kleines Problem dazu!

Die beiden gebuchten Tage waren Sonntag und Montag. Den letzteren Tag hatte Michael beruflich zu tun, also stellte er sich die Frage frei zu nehmen oder blau zu machen.

Letztendlich entschied er sich für das Blau machen. Ihm war das Risiko zu hoch, nicht frei zu bekommen und in einem solchen Fall krank zu feiern würde sicherlich ein schlechtes Bild abgeben.

Freitags im Büro machte Michael deswegen schon einen vermeintlich kränklichen Eindruck, zumindest für seine Kolleginnen und er äußerte auch öfters Krankheitssymptome in Vorbereitung auf seine Krankmeldung, die Montag erfolgen sollte.

In diesem Fall hatte Michael aber auch Glück, der Großteil seiner Kolleginnen war nicht sehr gesund beziehungsweise fehlten seine Kolleginnen oft wegen Krankheiten. Hier nahm er auch viele Tricks und Kniffe auf, um seine Simulation zu starten.

Seinen Kolleginnen nahm er nämlich nicht immer ab, wirklich krank zu sein. „Tschüs. Schönes Wochenende!

Ich hoffe, dass ich am Montag nicht krank bin!",

sprach Michael in einem grundseriösen Ton beim Verlassen des Büros.

Nach dem großen Schauspiel stellte sich die Frage, ob er die richtige Anstellung hatte.

Seiner Meinung nach hatte er dafür einen Filmpreis verdient.

Nach ein paar Minuten war er zu Hause angekommen und erhielt einen Anruf. Für den Auftrag war noch nicht alles geregelt. Der Geschäftsmann gab noch ein paar Instruktionen. Michael sollte schließlich von einem Hubschrauber abgeholt werden.

Mit weiteren unangenehmen Gedanken beschäftigte er sich aber auch. Ihn plagten unbehagliche Bedenken bezüglich seiner Gabe.

War der Russe evtl. scharf darauf?

Jedenfalls hatte Michael das Gefühl, den Sonnenstein schützen zu müssen. Möglicherweise hatte es der Russe darauf abgesehen oder auch nicht. Michael kam aber eine gute Idee.

Dafür hatte er ein etwas weiteres Sakko in schwarz, dazu eine entsprechende Hose. Michael wollte den Stein in das Sakko einnähen und zukünftig nur diesen Anzug für Aufträge nutzen.

Dann probierte er es auch gleich aus. Sein Handwerksgeschick war eigentlich nicht so groß, aber irgendwie sollte es schon gelingen.

Er kam nicht darum herum, zuerst das Innenfutter von der Außenhaut lösen. Dann nahm er noch etwas Watte zum Ausstopfen, damit der eingenähte Stein nicht aus sah wie eine Beule. Zusätzlich konnte er dadurch Bewegungen abdämpfen.

Da er keine Nähmaschine hatte, musste er sein Werk mit Nadel und Garn abschließen. Viele kleine Nadelstiche waren dafür erforderlich.

Die nachfolgende Ankleidung verlief dafür allerdings positiv für ihn.
Der Anzug saß recht gut, auch wenn es ein wenig klobig aus sah…

Dann war es soweit. Mittlerweile war Sonntagmorgen um zehn Uhr.
Die Sonne strahlte und es war windstill, als sich langsam ein schwarzer Helikopter dem Boden näherte.
Michael stand in einem abgelegenen Park und wartete auf die Landung. Seinen speziellen Anzug sowie ein weißes Hemd hatte er an und eine goldene Krawatte, die durch die Luft Verwirbelungen hin und her geschleudert wurde.
Ihm war noch nicht so recht bewusst, was heute für ihn anstand.
Die Informationen die er im Vorfeld erhalten hatte, waren recht nebulös, darum war er auch ein wenig nervös!
Als der Hubschrauber endgültig gelandet war, stieg Michael ein. Der Oligarch war direkt mit von der Partie.
Vladislav Romanomir war sein Name - einen Namen - den sich Michael lieber merken wollte!
„Wie machen Sie das?",
fragte der Russe in einem neugierigen Ton und spielte dabei auf die Fähigkeit an, wie Michael die Sonne erscheinen lassen konnte.
Michael blieb bei seiner ominösen Geschichte mit dem Mondstaub, wie auch schon bei den anderen Klienten.
Der Geschäftsmann schaute ihn darauf skeptisch an, nahm es wohl aber auf die Art und Weise ab.
„Wissen Sie!",
sagte dieser in einem bestimmenden Ton und ergänzte:
„Ich habe heute seit langer Zeit mal endlich wieder frei und ich möchte den Tag auf meiner Yacht verbringen.
Ich hoffe, Sie versagen nicht!"
„Ich werde mein Bestes geben!
Bisher habe ich noch nicht versagt!",
antwortete Michael mit Zuversicht sowie Selbstbewusstsein und fragte zurück:
„Können Sie sich eigentlich nicht frei nehmen, wann Sie wollen?"
Der Russe überlegte kurz und gab an:
„Im Prinzip haben Sie natürlich Recht!
Wenn man allerdings gute und lukrative Geschäfte am Laufen halten möchte, muss man ständig dranbleiben ohne Wenn und Aber.
Der kleinste Fehler oder die geringste Zeitverzögerung kann bei den Dimensionen Schäden in großzügiger Summe verursachen!"

Der Helikopter landete nach einiger Zeit in der Nähe eines Schiffs-Hafen.

Herr Romanomir und Michael stiegen aus und liefen dann einen langen Steg entlang. Dieser Weg führte sie zu einer großen Yacht.

Bevor es zum Einstieg kam, wurden die beiden herzlichst begrüßt von einer Armada von jungen Frauen, eine hübscher als die andere.

„Welches ist Ihre Frau?",

fragte Michael den Russen, durchaus mit ernstem Wortlaut.

„Welche Frau?

Sie sind alle mir!

Ich bin nicht so der Beziehungstyp!

Bei meinem Vermögen ist das nicht sehr vorteilhaft für mich!

Außerdem sind wir nicht hier, um Fragen zu stellen, sondern um Spaß zu haben. Also amüsieren Sie sich!",

stellte der Oligarch in einem wohlwollenden Ton fest.

Michael schien nach den Worten langsam Gefallen an dem Auftrag zu finden und natürlich auch an den Frauen. Jetzt wo klar war, dass er sich nicht zurückhalten musste.

Nacheinander ging es dann auf die Yacht.

Zuerst die Frauen, dann die Herren.

Michael war schon beeindruckt von der Größe des Bootes. Dieses Monstrum war mindestens dreißig Meter lang und im Vergleich zu anderen Booten auch relativ hoch. Dabei hatte es noch mehrere Stockwerke.

Zuerst ging es auf das Hauptdeck.

Dort entledigten sich die Frauen einen Großteil ihrer Kleidung.

Vereinzelnd zogen die Frauen auch oben rum blank, um barbusig sowie genüsslich der Sonne zu frönen.

Herr Romanomir machte es sich dann auch bequemer und streifte - bis auf seine Badehose - jegliche Kleidung ab.

„Gönnen Sie den Frauen auch etwas!",

meinte dieser zu Michael mit dem Hinweis, sich auch etwas freier zu zeigen. Vermutlich wohlwissend, dass Michael eine gute Figur abgab.

Der Russe, ein Mann im mittleren Alter, vielleicht um die vierzig, hatte eine normale Figur und einen leichten Bauchansatz.

Ansonsten war dieser jedoch recht schlank. Vermutlich blieb bei dem ganzen Geld verdienen zu wenig Zeit für Sport.

Michael dagegen wirkte sportlich fit, wie ein Profi-Fußballer oder ein Rennwagen-Fahrer.

Die dreißig Jahre hatte er noch nicht erreicht und durch regelmäßigen Sport war er vermutlich gerade in der Blüte seines Lebens.

Dafür kam er auch nicht umher mindestens vier Stunden die Woche zu trainieren. Einige Frauen konnten nur schwer unterdrücken, dass sie Gefallen an Michael gefunden hatten.

Es wurde viel gekichert und alle hatten ihren Spaß!

Herr Romanomir schaute zwischendurch verwundert in den Himmel.

Rund um die Yacht und darüber war alles wolkenfrei. Die Sonne kam die ganze Zeit bestens durch, aber etwas weiter entfernt war es kreisrund Finster und wolkenverdeckt.

Solch eine Situation hatte Michael ja mittlerweile auch schon öfters erlebt. Aber auf dem Meer, wo weit und breit keine Gebäude zu sehen war, kam es noch viel intensiver durch.

„Beeindruckend!",

sprach sich jedenfalls der Geschäftsmann selbst die Worte zu.

Die Party war jedenfalls noch nicht vorbei!

Einige Frauen machten es sich im Whirlpool gemütlich, der auf dem Hauptdeck lag.

Andere wiederum bräunten sich und wollten dabei lasziv wirken.

Michael hingegen hatte in diesem Moment das Vergnügen, zwischen zwei Damen zu sitzen.

Die eine war blond, die andere schwarzhaarig. Beide Damen waren sich auch nicht zu schade, ihn zu Herzen. Sie legten den Arm um ihn, es wurde geflirtet und ins Ohr geflüstert.

„Wo bleibt der Champagner?",

fragte der Geschäftsmann und blickte dabei in Richtung seines Personals.

Die Bediensteten reagierten prompt auf diese Aufforderung und brachten mehrere gekühlte Flaschen und zudem kleinere Häppchen.

Darunter waren viele exquisite Fischprodukte und vor allem Kaviar.

Michael ließ sich nicht lumpen, als er wohlwollend von der schwarzhaarigen gefüttert wurde.

Sie schaute ihm dabei immer wieder tief in die Augen und lehnte sich dabei stets mit der Brust an seine Schulter.

Dabei musste Michael auch unweigerlich an die Arbeit denken, denn dort ist ihm schon mal eine ähnliche Situation passiert.

Eine Arbeitskollegin von ihm, mit der er sich in der Regel gut verstand, kam ihm mal auf ähnliche Weise nahe.

Als er sich Fruchtgummis im Büro bediente, die der Chef für alle Mitarbeiter mitgebracht hatte. Die Kollegin jedenfalls schlich sich von hinten an und berührte mit der Brust den Rücken von Michael, um ebenfalls an die Süßigkeiten zu kommen.

Es war bestimmt keine zufällige Aktion und sicherlich auch etwas plump, da sich die Kollegin weiterhin ähnliche Situationen erlaubte.

Aber er war jetzt in einer anderen und komfortableren Situation. Hier war er frei und ungezwungen.

Zudem waren die Frauen hier optisch auf das äußerste getrimmt. Das war sehr schön anzusehen, aber andererseits auch reizlos gesehen auf eine tiefensinnige Ebene. Michael war klar, dass die Damen einige Klassen über ihn waren.

Dem Russen war nach mehr als einer Stunde die Sonne zu viel geworden und deshalb verabschiedete er sich für eine Zeitlang auf sein Privat-Deck. Dieser ging aber nicht alleine und wurde von zwei Frauen begleitet.

Michael hatte kein Problem damit, schließlich hatte er noch ein paar Frauen übrig, genauer gesagt noch neun und er kam ihren Wünschen nach, als sie aus dem Pool zu ihm riefen:

„Komm rein zu uns!"

Die Zeit verging rasend schnell. Zwischendurch kam Michael nicht umher, sich selbst zwicken, um zu überprüfen ob er nicht vielleicht doch Tod und im Himmel gelandet war.

Im Großen und Ganzen hatte er sich aber recht artig gegenüber den Frauen verhalten und sich nicht auf sexuelle Spielereien eingelassen.

Er war nicht der Typ Mann, der alle Frauen haben musste, die nicht bei drei auf den Bäumen waren.

Dennoch genoss er die Zeit mit den vielen Frauen an Bord und stellte nun langsam fest, dass das Festland angesteuert wurde.

Allerdings war es nicht der Schiffs-Hafen gewesen, von dem sie gestartet waren...

Aus der Ferne konnte man betrachten, wie ein Hubschrauber einen Landeplatz in der Nähe des Hafens ansteuerte.

„Wir müssen dann weiter!",

sagte Herr Romanomir zu Michael, der daraufhin zusätzliche Einblicke in die weitere Tages-Chronologie erhalten sollte.

„Wir steuern zuerst ein luxuriöses Hotel an.

Den Rest dieses Tages können Sie dann verbringen, wie Sie möchten.

Morgen geht es dann gegen acht Uhr weiter!

Allerdings ist noch offen, wohin die Reise geht!",

sprach dieser.

Gegen neunzehn Uhr wurde das Hotel erreicht. Natürlich hatte das elegante Haus einen eigenen Landeplatz für Helikopter und an den Empfang mussten die beiden auch nicht mehr.

Es waren schließlich genügend Angestellte vor Ort, die sich um das Gepäck kümmern konnten und die Schlüssel für die Hotelzimmer wurden auch direkt bereitgestellt.

Anscheinend war der Geschäftsmann ein Premium-Kunde, der sich nicht an einer Rezeption anstellen brauchte.

Michael hatte aber kein Gepäck dabei und machte sich direkt auf den Weg seines Hotelzimmers.

„Wir sehen uns morgen!",

sagte er vorher noch zu Herrn Romanomir.

Michael hatte zum Glück nicht so weit zum Laufen. Sein Zimmer befand sich in der obersten Etage. Nach seinen Schätzungen war es wohl die fünfzehnte Etage.

Beim Eintritt in sein Hotelzimmer war er zuerst überrascht über die Größe des Zimmers, da er nicht mit einer Suite gerechnet hatte.

Diese hatte nämlich alles, was das Herz begehrte.

Einen Jacuzzi zum Entspannen, einen Großbild-Fernseher im Kino-format, einen Fitnessraum und weitere Dinge, die für angenehme Stimmung sorgen sollten.

Michael schaute sich um und überlegte einen kleinen Moment, was er machen sollte.

Dann ging der Blick auf den Whirlpool. Der Gedanke allein – rein zu gehen – war schon angenehm. Doch bevor er sich hineinsetzen konnte, wurde er gestört.

Der Zimmer-Service rückte an mit einem Servier-Wagen.

„Mit freundlichen Grüßen von Herrn Romanomir!",

sagte der Kellner.

Wenn Michael Moneten dabeigehabt hätte, würde er sich bestimmt mit einem Trink-Geld bedanken. So kam er nicht umher, den Ange-stellten nur zu vertrösten, was vor allem Michael unangenehm war.

Dann schaute er auf den Servier-Wagen und machte sich dann ge-mütlich ans Essen. Unter anderem ein Rinder-Steak mit Kartoffeln und Rotkohl gab es sowie Kaviar und Champagner, das wohl eher als Nachspeise oder Nacht-Trunk gedacht war.

Allerdings verzichtete Michael erst mal auf das prickelnde Getränk.

Eine ganze Flasche war für ihn viel zu viel. Schließlich hatte er am nächsten Tag frühzeitig noch einen Einsatz, der Russe sollte nicht enttäuscht werden.

Aber den ein- oder anderen Schluck wollte er später dennoch probieren.

Nach dem Mahl hatte Michael zunächst ein leichtes Völle-Gefühl. Zu gut und zu viel hatte er gegessen.

Optional dachte er jetzt daran schlafen zu gehen oder in den Whirlpool zu steigen. Schließlich entschied er sich aber für letzteres, um ein wenig zu entspannen und seinem regulären Arbeitsleben zu entfliehen.

Angenehm warm war es in dem kristallklaren Wasser, das im nächsten Moment sprudelte.

Den Blick richtete Michael in Richtung der Fenster, wo er den Rest der für ihn unbekannten Stadt in der rötlichen Abend-Dämmerung wahrnehmen konnte. Ihm war allerdings auch bewusst, dass es ihm nicht unangenehm sein musste, nackt zu sein.

Glücklicherweise waren die Fensterscheiben von außen verspiegelt.

Michael genoss deswegen den Moment der Ruhe und der Besinnung.

Da klopfte es aber auch schon wieder an der Tür, allerdings war es ein weniger aufdringliches Klopfen.

Eine junge blonde Frau betrat danach das Zimmer.

„Ich bin Christine und Herr Romanomir schickt mich!",

sprach Sie leise mit zarter Stimme und wirkte dabei etwas zurückhaltend.

Trotz der eher unangenehmen und unvorhersehbaren Situation blieb Michael ruhig und gelassen, dafür sorgte der Pool.

Im nächsten Moment wurde er sogar etwas forsch und lud die Frau auf ein Glas Champagner ein.

Die hübsche Lady hatte zu dem Zeitpunkt noch ein knallrotes elegantes Kleid an, dazu rote Pumps, die glänzten.

„Ich trinke gerne mit Ihnen ein Glas, wenn ich auch in den Whirlpool darf?", fragte sie Michael, der das Angebot nicht ablehnen konnte.

Schließlich war er ein Gentleman.

Die Dame bestieg den Jacuzzi, nachdem sie sich entkleidet hatte und da war sie in jedem Fall auch nicht zimperlich. Sie stieg nämlich splitterfasernackt zu ihm hinein.

Michael wurde dadurch überrascht und kurzzeitig entwickelte er ein leichtes Schamgefühl. Das lag wohl daran, dass es für ihn eine noch unbekannte Person war.

Außerdem musste er mit der außerordentlichen Situation warm werden.

Da Michael höflich war, versuchte er Christine so oft wie möglich in ihre meeresblauen Augen zu schauen.

Allerdings passierten ihm gelegentlich schon ein paar Augenausrutscher und er schaute dann unterhalb des Kopfes.

Das lag wohl auch daran, dass sie eine junge und reizvolle Dame war.

Vermutlich war sie erst knapp über zwanzig Jahre jung, hatte langes blondes Haar etwas über die Schultern.

Die Körper-Größe war eher klein maximal vielleicht ein Meter sechzig.

Für Michael war das kein Problem, da er selbst nicht so groß war und die Körper-Relation zwischen beiden stimmte.

Jedenfalls hatte sie dazu auch eine tolle zierliche Figur.

Der Bauch war schlank, die Brüste waren gleichmäßig und wohlgeformt. Die Brustwarzen von ihr waren klein. Das gefiel Michael, außerdem war sie unten rum rasiert.

Den Hintern konnte er zum jetzigen Zeitpunkt noch nicht begutachten. Allerdings konnte dieser nach den bisherigen Erkenntnissen nicht mehr enttäuschend sein.

Christine trank einen Schluck aus dem Champagner-Glas und leckte einen Tropfen genüsslich ab, der sich auf ihrer Oberlippe befand. Ihr Mund blieb dabei ständig offen und die Augen waren weit aufgerissen.

Stück für Stück brachte sie sich etwas weiter vor, in die Richtung von Michael. „Wir sind ja auch zum Vergnügen hier!",
sprach sie und lag in dem Moment auch schon mit ihren Armen um ihn.

Dann begann sie ihn etwas am Hals zu küssen und neckisch zu beißen.

Ab diesem Moment hatte sie Michael unter Kontrolle, denn auch er genoss den Moment der Zweisamkeit und die Berührungen.

Schließlich war er schon eine Weile Single gewesen und hatte in dieser Zeit nur wenige Frauen-Kontakte. Nach längeren Momenten von Liebkosungen hatte Christine eine Idee.

„Wir können es uns ja im Schlafzimmer gemütlich machen!
Ich habe da noch eine Überraschung für dich!",

flüsterte sie mit einer aufreizenden Stimme und breitem Grinsen.

Michael stimmte ihr bereitwillig zu und machte sich mit langsamen Schritten auf den Weg zum Schlafzimmer.

Seine Gespielin ließ aber noch etwas auf sich warten, weil sie sich vorab etwas frisch machen wollte.

In der Zwischenzeit hatte Michael die Möglichkeit, Champagner nachzuschenken und wartete mit einer etwas angespannten Haltung.

„Und wie sieht es aus?",

fragte Christine wieder mit einem breiten und gleichzeitig aufreizenden Lächeln.

Zu dem Zeitpunkt stand sie an der Tür und war noch nicht komplett eingetreten. Dabei konnte Michael aber erkennen, dass sie sich etwas nachgekleidet hatte.

Ihren Körper verhüllte sie mit Netz-Strümpfen und einem passenden Strumpf-Halter in den Farben schwarz.

Die Dame kam anschließend rein. Auf dem blauen Teppich konnte man den dumpfen Klang der schwarzen Stöckel-Schuhe wahrnehmen, die sie auch angezogen hatte.

In der rechten Hand hatte sie einen sehr kleinen durchsichtigen Beutel, der mit einem weißen Pulver gefüllt schien.

„Ich habe da etwas, um uns noch ein wenig besser in Stimmung zu bringen!", sagte sie.

Danach baute sie sich eine Line und zog diese durch die Nase.

„Komm!

Nimm auch eine, dann wirst du lockerer!",

ergänzte Sie dann in einem euphorischen Ton.

Michael wollte nicht den Spielverderber spielen, er hatte schließlich schon selbst Drogen-Erfahrungen gemacht, sei es mit Ecstasy, Amphetaminen oder Haschisch.

Kokain hat er aber vorher noch nicht getestet, wobei er nie dagegen abgeneigt war. Es gab einfach keine Gelegenheit dazu.

Bei Christine schien der Stoff jedenfalls schon zu wirken, sie legte sich auf die Knie und hielt Michael den Rücken entgegen.

„Zieh eine Line von meinem Rücken!",

befahl sie sanft mit aufreizender Stimme.

Da Michael artig war, gehorchte er. Die Aussicht mit dem nackten Rücken und den blonden langen Haaren war zusätzlicher Anreiz für die Umsetzung. Beide wurden letztendlich durch das Zeug so berauscht, dass sie den Großteil der Nacht zügellos körperliche Liebe miteinander trieben, bis zum frühen Morgengrauen.

Nach wenigen Stunden Schlaf blickte Michael auf eine Uhr, die an einer Wand hing.

Es war montags morgen gegen acht Uhr dreißig und er war etwas verkatert. Vielleicht aber war das der beste Zustand, um sich krank zu melden. Allerdings war sein Chef zu der Zeit noch nicht im Haus, weshalb er sich telefonisch an eine Kollegin wendete, die ihm die Geschichte abzunehmen schien.

Danach wurde seine Nachtbegleitung wach, die ihm als zuerst einen Kuss auf den Mund drückte.

„Ich geh ins Bad",

sagte sie danach.

Es gab für Michael sicherlich schlechtere Momente beim Aufwachen! Die Sonne schien schon sehr angenehm warm und eine nette Dame befand sich in seiner Nähe. Auf die Arbeit ging er heute auch nicht.

Jetzt fehlte nur noch ein kleines Frühstück.

Kaum hatte Michael daran gedacht, folgte auch schon der Zimmer-Service mit einer großen Auswahl an Obst, Aufschnitten und Säften.

Da seine Begleitung noch dabei war, sich frisch zu machen, aß Michael schon vorab eine Kleinigkeit. Ein mit Butter beschmiertes Brot, belegt mit einem saftigen Stück Schinken und dazu noch ein Orangen-Saft sowie ein Kaffee sollten für das erste seinen Hunger stillen.

Viel Hunger hatte Michael nämlich nicht. Das lag zum einen am wenigen Schlaf und zum anderen wohl auch am Kokain.

Ein leichter Rausch war bei ihm noch vorhanden.

Seine Begleitung erschien dann nach einiger Zeit.

Da hatte sie sich bereits komplett fertiggemacht und in Schale geworfen. Michael dagegen lief noch rum, wie ein Lump.

Nur in Boxer-Shorts war er bekleidet und Christine machte ihn darauf aufmerksam, dass er sich langsam fertigmachen musste.

Herr Romanomir erwartete die Beiden schließlich auf einer Firmenveranstaltung. Hurtig machte er sich deswegen auf.

Bei ihm ging es zum Glück relativ schnell. Für ungefähr fünf Minuten sprang er unter die Dusche, wusch sich rundherum.

Danach hatte er sich noch kurz abgetrocknet und war fast fertig.

Lediglich die Klamotten mussten noch angezogen werden. Das war aber eine Sache von ganz wenigen Minuten. Die Frisur von Michael war zu dem Zeitpunkt glücklicherweise recht praktisch, da die Haare sehr kurzgeschnitten waren. So das er sich das Richten der Haare sparen konnte, weil seine Frisur schon saß.

„Das ging ja schnell!

Bin ich von einem Mann nicht gewohnt",
sagte Christine und wollte damit hinweisen, dass Michael wenig Zeit zum Herrichten benötigte.

Michael jedenfalls wollte die Bemerkung aber nicht so recht verstehen. Im Gegensatz zu ihrer Aussage kannte er nur Frauen, die Tage im Badezimmer verbringen konnten und fragte bei Christine nach:
„Wie meinst du das?

Ich kenne eigentlich nur Frauen, die viel Zeit im Bad verbringen.

Zuletzt war ich mit meinen Brüdern im Urlaub und dort ging unter Männern morgens alles recht zügig."

Daraufhin berichtete sie Michael von einigen ihrer Ex-Freunde, die sehr pingelig und eitel waren und dadurch einiges an Zeit im Bad verbrachten. Einige von ihnen verbrachten deutlich mehr Zeit im Bad, als sie selbst.

Was ihr wiederum auch missfiel.

Das hatte nichts mit der Zeit zu tun, sondern sie empfand es aus ihrer Sicht einfach als unmännlich.

Michael empfand den letzten Satz dadurch als durchaus schmeichelnd für ihn. Schließlich war er keiner der Männer, der neuen Generation, die immer ihr bestes äußerlich geben wollten und dementsprechend picobello aussahen. Außerdem fühlte er sich auch nicht angesprochen in Bezug auf die langen Bad-Zeiten.

Seine Neugierde trieb Michael allerdings zu einer weiteren Frage, die ihm auch etwas unangenehm war und die er etwas gezögert gestellt hatte:
„Wie ist das denn so für dich, mit vielen fremden Männern zu schlafen?

Macht dir das Spaß?"

Auf diese Frage wiederum antwortete sie mit einem leichten Grinsen:
„Zuerst mal muss ich nicht mit meinen Klienten schlafen, ich bin lediglich für die Begleitung zuständig.

Alles Weitere geschieht auf freiwilliger Basis und hängt von Sympathie ab.

In deinem Fall ist es so, dass ich schon länger keinen Freund habe und da du mir gefällst, habe ich den Moment für mich ausgenutzt.

Allerdings bin ich auch der Meinung, dass die Nacht für uns beide angenehm war."

Die Aussage brachte ihr wiederum viele Sympathie-Punkte und Michael fühlte sich dadurch etwas geschmeichelt. Zudem hatte er keine Befürchtungen mehr, dass sie ihn einfach nur ranlassen musste.

„Wollen wir?",
fragte Christine ihn und nahm seine linke Hand.
Michael nickte kurz und Beide machten sich langsam auf den Weg,
Hand in Hand.
Zuerst fuhren sie mit dem Fahrstuhl. Danach ging es an der Rezeption vorbei. Der Portier verabschiedete beide:
„Beehren Sie uns wieder!"
Der russische Geschäftsmann ließ sich mal wieder nicht lumpen und
stellte beiden eine Limousine zur Verfügung. Diese war außen
schwarz und innen mit weißer Lederausstattung sowie gefüllter Mini-Bar.
Michael war aber nicht danach, etwas zu trinken. Zu lange und zu
intensiv war die Nacht zuvor.
Christine nahm allerdings ein Glas Champagner zu sich.
So ein kleiner prickelnder Umtrunk am Morgen konnte ihr nicht
schaden, den Eindruck vermittelte sie zumindest.
Sie schaute Michael dann eine lange Zeit an.
Die blauen Augen waren wieder weit aufgerissen und die Lippen
waren leicht gespitzt, als wollte sie etwas fragen, was sie im nächsten
Moment dann auch machte:
„Woher kennst du Herrn Romanomir?
Ich kenne ihn eine Zeit lang und mit Leuten, wie dir, habe ich ihn
noch nie gesehen!"
Für Michael war zum Moment der Frage klar, die Wahrheit konnte er
ihr nicht erzählen.
Auch wenn er ihr zugetan war, kam er nicht umher, kurzfristig improvisieren und eine plausible Aussage treffen:
„Ich bin der Sohn eines sehr guten Geschäftspartners und letzten
Sommer meinte Herr Romanomir beim Golf spielen zu meinem
Vater, dass er mich mal mitnehmen müsse, um mir die Welt zu zeigen, was mein Vater dann auch bejahte.
Schließlich war ich vor einigen Jahren noch in einem Internat, dass
sicherlich nobel war, aber man ist nicht viel rausgekommen und so
wie es jetzt aussieht, will er sein gesprochenes Wort einlösen!"
Christine nahm die Aussage von ihm erleichtert auf.
Vielleicht hatte sie Befürchtungen gehabt, Michael könnte ein dubioser Handlanger oder Geschäftspartner von Herrn Romanomir sein.
Das war aber in diesem Fall nicht so.
Außerdem wirkte er auf sie nicht so, da es auch nicht zu seinem
Gemüt passte und zum Eindruck den er vermittelte.

Eine Sache war dann aber noch da, die Michael wiederum interessierte, als er sich seine Begleitung so anschaute.

Er wollte nicht stigmatisierend sein, aber irgendwie konnte er den Zusammenhang zwischen dem blonden süßen Engel und dem Drogenkonsum mit Kokain nicht verstehen und er sprach sie darauf an.

„Ich bin auch nur ein Mensch!",

entgegnete Christine leicht genervt und ergänzte:

„Ich bin die letzte Zeit viel unterwegs gewesen und fühle mich phasenweise etwas blutleer.

In meinem Beruf darf ich das aber nicht zeigen und muss fit und interessiert wirken.

Deswegen greife ich ab und zu auf Aufputschmittel zurück.

Du brauchst dir aber keine Sorgen zu machen!

Ich bin nicht abhängig und mache das auch nur gelegentlich!"

Michael nahm es mal so hin. Ihm war nicht danach, den Moralapostel zu spielen, da er solchen Dingen ebenfalls nicht abgeneigt war.

Begeistert war er allerdings auch nicht, weil er sich schon etwas sorgen um sie machte. Schließlich mochte er sie schon ein wenig.

Deswegen betrachtete er ihre Aussagen auch etwas kritisch, da er bezweifelte, dass jemand eine Abhängigkeit gerne zu gab.

Beide waren dann weitere Minuten unterwegs, bevor die Limousine zum Stillstand kam.

Es schien so, als würden sie an einem öffentlichen Park anhalten. Beide stiegen langsam aus.

Zuerst Michael, der auf die andere Seite eilte, um Christine die Tür zu öffnen. Beim Aussteigen von Christine ergriff er ihre Hand und zog sie langsam an sich heran.

Hand in Hand gingen beide langsam dem Haupteingang entgegen. Man konnte aus der Entfernung schon erkennen, dass einiges los war.

Viele Menschen saßen auf den großen Rasenflächen mit Picknick-Körben oder standen einfach nur zusammen und erzählten!

Herr Romanomir erkannte die Beiden aus der Ferne und ging auf sie zu.

Es schien so, als wollte er die beiden darauf vorbereiten, was sie heute erwartete.

Jedenfalls begrüßte er Christine und Michael recht herzlich und man konnte sehen, wie eine Menge von Leuten in die Richtung der Dreien blickte!

„Ihr braucht keine Angst zu haben!",

sagte der Russe mit einer leicht mit Stress erfüllten Stimme und ergänzte:

„Das hier ist ein Betriebs-Picknick für meine Angestellten.

Geschäftspartner von mir sind aber auch vor Ort.

Also wenn jemand fragen sollte, wisst ihr, in welchen Bereich ihr gehört! Ansonsten habt einfach Spaß!"

Der Oligarch machte sich dann hastig auf den Weg, weitere Personen zu begrüßen. Es waren sehr viele Leute da und dementsprechend gestresst war er auch.

Andererseits aber schien es ihm auch wichtig, alle Leute zu begrüßen. Der Geschäftsmann wollte seinen Angestellten anscheinend damit etwas Gutes tun und ihnen Nähe demonstrieren.

Christine und Michael brachten den Tag recht zügig rum.

Sie kamen mit einigen Paaren ins Gespräch, meistens waren diese ohne Kinder vor Ort.

Zwischenzeitlich ging es dann auch an eine Bar, die für diesen Event bereitgestellt wurde. Dort gab es eine Kleinigkeit zu speisen und zu trinken.

Am späten Nachmittag lichtete sich das Feld und der Großteil der Mitarbeiter war bereits auf dem Weg nach Hause.

Herr Romanomir begegnete kurz darauf den Beiden und gab ihnen die Erlaubnis, die Veranstaltung zu verlassen.

Mit der Arbeit von Beiden war er zufrieden gewesen und verwies auf den Haupteingang, wo wieder die Limousine bereitstand.

Dort wo Michael auch immer war, die Sonne schien und schien.

Auf dem Weg zur Limousine drehte er sich noch mal kurz um. Die Sonne war gerade am Untergehen in einem leicht rötlichen Schein.

Die ansonsten grünen Rasenflächen nahmen dadurch auch einen besonderen Farbton ein, der ins bläuliche ging.

Nachdem das Automobil erreicht wurde, sprach der Chauffeur die beiden an: „Ich bringe die Dame zuerst nach Hause.

Sie, mein Herr, werden später noch von einem Helikopter erwartet!"

Michael wurde in dem Moment auch wieder klar, dass er gerade viele Kilometer von zu Hause entfernt war und er hoffte darauf, dass seine Heimreise nicht zu viel Zeit in Anspruch nahm.

Eine knappe halbe Stunde an Autofahrt war vergangen.

Christine schaute Michael tief in die Augen und sagte:

„Ich muss mich langsam verabschieden!

Die nächsten Minuten werde ich mein zu Hause erreichen!"

Nachdem sie das gesagt hatte, küssten sich beide für einen längeren Moment, mit viel Leidenschaft und doch gleichzeitig auch sehr gefühlvoll.

Danach griff Christine in ihre Handtasche und kramte einen Zettel und einen Stift hervor. Darauf schrieb sie dann ihre Telefon-Nummer und ergänzte: „Wenn du Lust und Zeit hast, ruf mich doch einfach mal an!

Es hat mir viel Spaß mit dir gemacht und ich bin wirklich froh, deine Bekanntschaft gemacht zu haben!"

Michael nickte leicht mit dem Kopf und nahm den Zettel entgegen.

Schließlich gab es noch einen letzten Kuss, bevor Christine ihn endgültig in der Abenddämmerung verlies.

Danach lehnte Michael sich zurück und schaute aus dem Fenster heraus. Jedenfalls war er jetzt wieder alleine.

Nach weiterer Fahrzeit wurde ein Platz Außerorts angesteuert, der durch einen schwarzen Helikopter besetzt war. Darin wurde Michael zuerst ein Koffer gereicht.

Vermutlich durch einen Mitarbeiter oder Vertrauten von Herrn Romanomir. Der Koffer fühlte sich gut an. Inhaltlich war dieser prall gefüllt mit Geld, wenn der Geschäftsmann seine Abmachung einhielt.

Unter den strengen Blicken des Boten wollte Michael allerdings nicht hineinschauen. Er vertraute lieber und wartete.

Nach einer Flugzeit von ungefähr zwei Stunden landete der Hubschrauber in der Nähe von seinem zu Hause. Dies geschah in einem öffentlichen Park, der zu der Zeit nicht mehr von Publikumsverkehr frequentiert war.

Michael stieg dann aus. Vorher verabschiedete er sich mit einem kurzen Abschiedsgruß per Hand, da der Hubschrauber eine hohe Geräuschkulisse erzeugte.

Dann machte er sich schnellstmöglich auf den Weg nach Hause.

Besonders mit dem Koffer wollte er kein Aufsehen erregen und dadurch vielleicht in eine Personenkontrolle durch die Polizei geraten oder in andere ungünstige Umstände.

Kurz darauf stand er bereits vor seiner Haustür.

Bevor er diese nervös öffnete, blickte er noch mal um sich.

Da seine Nachbarn in der Regel sehr neugierig waren, hatte er eine leichte Form von Paranoia entwickelt.

Man konnte ja nie wissen…

Kaum die Tür drinnen wurde als erstes der Geld-Koffer geöffnet.

Ein edler schwarzer Lederkoffer war es.

Darin befanden sich viele Geldscheine und die Überprüfung von Michael ergab schließlich, dass der verhandelte Betrag ordnungsgemäß gezahlt wurde.

Als Dreingabe erhielt er sogar noch fünfhundert Euro zusätzlich, sozusagen ein Trinkgeld.

Der innen liegende Kofferschlüssel machte das Gepäckstück zum weiteren Obolus in Form eines Wertgegenstandes.

Dar der Koffer somit komplett war, hätte er in bei Bedarf sicherlich für einen dreistelligen Betrag verkaufen können...

Kapitel 8 – Das Angebot

Am nächsten Morgen ging es dann wieder auf die Arbeit...
Viertel vor sieben traf Michael an der Stech-Uhr ein.
Bereits wenige Zeit später betrat er das Büro.
Dieses war zu dem Zeitpunkt noch recht leer. Nur zwei andere Kolleginnen waren vor ihm eingetroffen, eine davon aus seinem Fachbereich, die andere gehörte einer anderen Abteilung an.

Natürlich wurde er gleich auf seinen Gesundheitszustand angesprochen. Seine Kolleginnen waren alle sehr neugierig. Ihnen gefiel es, Dinge von anderen Menschen zu erfahren.

Das lag möglicherweise auch daran, weil sie aus ihrem eigenen Leben wenig Positives ziehen konnten.

Michael verhielt sich geschickt und gab an, dass es ihm nicht so gut gegangen war. Auf der Arbeit war er am Vortag nicht erschienen, weil er gebrochen hatte.

In diesem Moment kam er sich auch ein wenig vor, wie ein Mensch mit einem Doppel-Leben.

Die eine Seite als bodenständiger Angestellter im solidem Beruf, aber einer gewissen Eintönigkeit. Diese war verbunden mit bestimmten Aufgaben, die selten durch neue Projektaufgaben erweitert wurden.

Die andere Seite stellte einen jungen erfolgreichen Mann dar, der auf Feiern mit dem „who is who" der Gesellschaft zusammenkam.

Allerdings war er am Morgen mal wieder nicht darauf aus, großartig Gespräche zu führen. Ein Meister in Nichtkommunikation war er, wenn er wollte.

Michael war nämlich auch klar, dass die weiteren Kolleginnen auch noch mal fragen würden und seine jetzige Gesprächspartnerin war ihm nicht sonderlich sympathisch.

Das lag unter anderem auch daran, dass die Kollegin chronisch keinen Kaffee kochte. Aber mit einer Selbstverständlichkeit war sie natürlich die erste, die sich bediente, wenn ein anderer die scheinbar lästige Aufgabe übernahm. Nach einigen Stunden waren dann alle Abteilungs-Mitarbeiter im Büro.

Es galt generell das Motto:

„Wer als erstes kommt, darf früh gehen und wer spät kommt, darf auch früh gehen!".

Michael war ein Typ dazwischen, er kam immer recht früh und besonders zur Winterzeit war er dann auch einer der Letzten, die das Büro verließen.

Man konnte sagen, er hatte nicht den Joker, sondern die Arschkarte gezogen. Jedenfalls traf das Erwartete und zeitgleich Befürchtete ein.

Zur Frühstückspause wurde er von weiteren Kolleginnen auf seine Krankheit am Vortag angesprochen. Er war schließlich nicht bekannt dafür zu Hause zu bleiben.

Zuvor fünf Krankheitstage in acht Berufsjahren sprachen eine ganz andere Sprache.

Gerade deswegen brachte Michael seine Ausreden glaubwürdig rüber, da er auch als zuverlässige Person bekannt war. Auch auf weitere Rückfragen, als zum Beispiel eine Kollegin fragte, ob er ein schönes Wochenende hatte, reagierte er souverän.

Entgeistert schüttelte er nämlich den Kopf. Über eine so dumme Frage konnte er einfach nur entsetzt sein.

Besonders darüber erschrocken war er darüber, dass die Kollegin nicht mitdachte. Schließlich hätte Sie ja annehmen können, dass es wohl nicht so angenehm war, am Wochenende krank zu sein.

Seine Meinung zu dem Thema äußerte Michael aber dann auch dementsprechend!

Innerlich sah die Sache für ihn natürlich ganz anders aus. Schließlich konnte er das Wochenende in vollen Zügen genießen und dabei noch Geld verdienen!

Den erhaltenen Luxus genoss er dabei sogar ohne eigene Kosten.

Zusätzlich hatte er noch eine ganz liebe Frau kennengelernt.

In den Hirnaktivitäten von Michael spielte sie jetzt öfters eine Rolle. Besonders nachdem er wieder realisiert hatte, mit was für Personen er Werktags zu tun hatte, die er dadurch auch verdrängen wollte.

Im Verlauf des Tages machte er sich auch öfters Gedanken über seine weitere Zukunft.

Seinen Job machte Michael einerseits schon gerne, weil er gut und routiniert war. Allerdings bekam er immer mehr Probleme mit seinen Kolleginnen, die Tag für Tag dümmer und fauler wurden.

Für jemand, der seine Arbeit täglich verbessern wollte, wurde dies sicherlich auch zum Motivationsproblem.

Sein Chef war leider nicht in der Lage, die Dinge ändern zu wollen oder zu können! Dafür fehlte diesem ein realistisches Selbstbild.

Die Strategie des Chefs war, Harmonie zu schaffen. Diese war für ihn erreicht, wenn sich die Mitarbeiter vermeintlich freundlich präsentierten. Weiterhin war diesem auch wichtig, dass man demonstrierte, sehr viele Aufgabengebiete zu bearbeiten.

In Wirklichkeit war das natürlich eine Luftnummer und objektiv gesehen war die Abteilung überbesetzt.

Nach einigen Dienstjahren war es zusätzlich für Michael anstrengender, Motivation aufzubauen oder auch einfach nur zu behalten.

Vielleicht hätte ihm einfach mal eine Luftveränderung gutgetan.

Andererseits hätte Michael sich auch sagen können, dass er es sich leichter machen und die Dinge nicht so streng sehen sollte.

Das fiel ihm aber doch sichtlich schwer, schließlich war er der Firma auch dankbar und er erkannte auch seine Pflichten als Arbeitnehmer.

Klar war für Michael jedenfalls, dass sich die nächsten Jahre an seinem regulären Arbeitsplatz nicht viel ändern würde, auch wenn sein Chef nicht allzu weit entfernt war vor der Rente.

Vier oder fünf Jahre musste er die Situation vielleicht noch aushalten, eine immer noch lange Zeit.

In erster Linie überdachte Michael aber auch Risiken bei einem möglichen Ausstieg. Ihm war schon klar, dass er ein gewisses Grundkapital benötigte, um sich im Bedarfsfall abzusichern.

Erst dann konnte er die Entscheidung treffen, seine bisherige Arbeit aufzugeben.

Außerdem mussten noch Dinge, wie zum Beispiel die gesetzlichen Versicherungen geregelt sein. Vor allem hatte für ihn eine Krankenversicherung eine besonders hohe Priorität.

Da er in seiner Nebentätigkeit auch ein paar Flauten miterlebte, war es ihm wichtig, sich abzusichern.

Jedenfalls brachte Michael den Tag irgendwie rum und der Auftrag vom letzten Wochenende erweckte zumindest die Hoffnung, in Zukunft ein noch besseres und zufriedeneres Leben führen zu können.

Weiterhin spekulierte er darauf zusätzliche lukrative Geschäfte zu machen. Keine lange Zeit verging, bis er wieder einen wichtigen Anruf erhielt.

Ein Geschäftspartner von Herrn Romanomir sprach ihn an und wollte Michael für eine ausführliche Veranstaltung gewinnen.

Diese sollte mehrere Tage dauern und ihm auch wieder ordentlich die Kasse füllen lassen!

Wieder ein russischer Staatsbürger war es, der Michael und seine Dienste bemühte. Der Auftraggeber stellte sich mit dem Namen Herr Snrb vor und teilte Michael mit, dass er von Herrn Romanomir Informationen über die Gabe erhielt.

Weiterhin gab dieser Herr an, dass es bereits Freitagmittag mit dem Auftrag losgehen sollte. Ein Zeitpunkt der für Michael problemlos machbar war. Enden sollte dieser am Sonntagabend.

Über Kost und Logis brauchte er sich keine Sorgen machen, ebenso über die Hin- und Rückfahrt. Das sicherte der Auftraggeber Michael zu, zusätzlich noch eine bis her nicht dagewesene Rekord-Summe von fünfzig Tausend Euro als Lohn.

Der Russe betonte mehrfach die Wichtigkeit seiner Veranstaltung ohne dabei wesentliches preiszugeben. Deswegen war er wohl auch bereit, einen solch hohen Preis zu zahlen!

Nach dem Anruf brachte Michael die Woche rum.

Etwas Aufregung war kurz vor der Veranstaltung schon vorhanden. Vorab hatte er außer dem zeitlichen Ablauf keine weiteren Details dazu erhalten.

Aber er genoss das auch irgendwie als eine Art Kick und auch als Abwechslung vom relativ trägen Alltag.

Jedenfalls hatte er alles vorbereitet, was er für seinen Auftrag benötigte. Seinen Anzug mit dem eingenähten Stein trug er am Leib.

Zusätzlich hatte er noch Kleidung für darunter dabei und weitere kosmetische Artikel, die man den Tag über so brauchte.

Schließlich hatte er vom letzten Auftrag gelernt und musste sich bei längeren Veranstaltungen entsprechend anpassen.

Fast schon standesgemäß wurde er wieder von einer Limousine abgeholt. Der Chauffeur lud Michael zum Einsteigen ein und zu Beginn der Fahrt gab es erste Instruktionen.

Michael bekam vermittelt, dass wohl eine etwas längere Fahrt anstand, vielleicht so zwei bis drei Stunden.

Mittlerweile war es Freitag am Mittag. Zwischendurch schaute er in die Mini-Bar, die reichlich gefüllt war mit Getränken und Alkoholika. Er war im hinteren des Fahrzeuges alleine und wurde nicht unterhalten. Unter diesen Umständen genehmigte er sich eine Cola.

Bei der vorigen Fahrt in der Limousine war es so gewesen, dass auf mehreren kleinen Monitoren zumindest ein Film zur Unterhaltung gezeigt wurde.

Damals war er aber auch nicht daran interessiert, weil er in Begleitung war. Außerdem war er kein Film-Fan, sondern eher ein Sport-Interessierter.

In diesem Bereich schaute er viel, was so im freien Fernsehen zu sehen war. Der Drink war jedenfalls nicht so schlecht und angenehm gekühlt.

Perfekt zur Entspannung, die er sich auch gönnte.

Vom Ausblick war der derzeitige Fahrabschnitt uninteressant, da nur die Autobahn genutzt wurde.

Somit konnte er für einen Moment abschalten, als er plötzlich unterbrochen wurde.

„Möchten Sie Musik hören?",

fragte der Chauffeur durch eine Art Sprechanlage.

Darauf wollte Michael gerne wissen, was er so anbieten konnte. Bei Musik war er schließlich eigen. Entweder elektronische Musik, klassische Pop- und Rock-Musik oder auch Klassik waren Richtungen, denen er nicht abgeneigt war. Obwohl Ersteres klar favorisiert war.

„Ich kann Ihnen nicht sagen, was für Musik läuft!",

antwortete der Chauffeur und ergänzte:

„Es ist die Musik aus dem Radio.

Ich kann Ihnen leider auch nicht sagen, welcher Sender läuft!"

Michael überlegte kurz.

Die Ruhe, die durch leichte Fahrtgeräusche minimal beeinträchtigt wurde, störte ihn nicht. Deshalb verzichtete er.

Nach zwei bis drei Stunden erreichte er schließlich sein Ziel. Was er bisher von der Umgebung gesehen hatte, ließ ihn vermuten, dass es sich um ein sehr großes Areal handelte.

Michael stieg aus. Ein roter Teppich lag auf dem Boden, auf dem bereits viel Publikumsverkehr herrschte. Dabei steuerte ein älterer Herr auf Michael zu. Dieser war von mittlerer Größe und korpulenter Figur.

Das Gesicht des Mannes wurde durch eine lange Narbe an der rechten Wange verziert und der Gesichtsausdruck war sehr streng.

Scheinbar wollte der Mann Michael etwas mitteilen.

Es handelte sich hierbei um Herrn Snrb, der zu seiner Begrüßung folgende Worte sprach:

„Guten Tag!

Ich freue mich, Sie begrüßen zu können.

Ich bin auch beeindruckt!

Vor wenigen Minuten hat es noch ein wenig geregnet!

Den ganzen Tag über war der Himmel voller Wolken, aber seit eben scheint hier die Sonne!

Es scheint was an Ihren Fähigkeiten dran zu sein!"

Als der Geschäftsmann das sagte, blieb der Blick weiterhin streng. Anscheinend war der Herr von einer gewissen Ernsthaftigkeit geprägt.

„Sehen Sie, ich probiere immer mein Bestes zu geben, das ist meine Philosophie!",

entgegnete Michael und fragte weiter:

„Um was geht es hier?

Worauf muss ich mich einstellen?"

Der Mann vermittelte Michael, dass es in dem Auftrag keine besonderen Instruktionen gab.

Die Veranstaltung war eine Art Messe mit freundschaftlichem Charakter, allerdings auch auf hohem Niveau.

Da viele gute Freunde von dem Russen erwartet wurden, war es diesem ein Anliegen durch gutes Wetter für eine angenehme Atmosphäre zu sorgen. Dabei war dem Herrn aber auch bewusst, dass Michael womöglich nicht die ganze Fläche der Messe mit seinen Fähigkeiten abdecken konnte.

Danach erzählte Herr Snrb seine Lebensgeschichte.

Sein Vater war damals ein Produzent von Eisenbahn-Modellen gewesen, überwiegend russische Modelle und er als Sohn hatte das Geschäft vor einigen Jahren übernommen.

Was zuerst als wenig lukrativ erschien, entpuppte sich später als wahre Goldgrube und das gute Wetter sollte die Leute die nächsten Tage zusätzlich zum Kaufen animieren, schließlich waren all diese Menschen die letzte Zeit nur wettermäßige Tristes gewohnt.

Der Geschäftsmann bat Michael auch darum sich überwiegend dort aufzuhalten, wo seine Produkte verkauft wurden.

Danach bewegte sich Michael auf dem Gelände und schaute sich um.

Stets achtete er dabei darauf überwiegend bei den Ständen von Herrn Snrb zu bleiben.

Glücklicherweise hatte Michael vorab einen Plan erhalten, damit konnte er sich entsprechend orientieren.

Der Geschäftsmann hatte zuvor erzählt, dass er selbst auch mehrere Stände auf der Messe hatte und zusätzlich noch der Veranstalter war.

Fremdverkäufer bescherten ihm also zusätzliches Geld durch Standgebühren. Teilweise verkauften diese auch seine Produkte.

Auf der anderen Seite brauchte er natürlich auch den Wettbewerb, um die Messe für die Besucher interessanter zu machen.

Der Fabrikant selbst bot auf der Messe nur seine russischen Modelle von Eisenbahn-Lokomotiven und –Waggons an…

Mittlerweile war bereits sechzehn Uhr.

Die Messe jedenfalls war sehr gut besucht, anscheinend gab es genügend potenzielle Kunden.

Die Öffnungszeiten gingen heute bis neunzehn Uhr.

Wahrscheinlich war auch deswegen so viel los und der Beginn des Wochenendes war sicherlich auch auf die ein- oder andere Art zuträglich gewesen.

Was Michael beobachten konnte, waren viele von der Optik her gutbetuchte Menschen. Darunter waren auch viele Bekannte und Freunde des Herrn und unter der Menschenmenge konnte Michael plötzlich auch ein ihm bekanntes Gesicht entdecken…

Es war die Begleitung seines letzten Auftrages, Christine die Escort-Dame.

Im Gegensatz zu ihm schien sie Michael nicht gesichtet zu haben.

Das lag vermutlich auch daran, dass er ein Stockwerk über ihr war.

Michael nutzte wiederum die Gelegenheit, sie etwas aus der Ferne zu beobachten.

Die ersten Eindrücke, die Michael von ihr wahrnahm, waren nicht sonderlich positiv, wenn man es aus ihrer Sicht betrachtete. Da sie anscheinend keinen spannenden Begleiter hatte und sich deswegen eher gelangweilt verhielt.

Der Begleiter von Christine machte sich nach einer Weile plötzlich auf den Weg und lies sie stehen.

Zuvor flüsterte dieser ihr noch etwas ins Ohr.

Michael interpretierte die Situation aus der Ferne so, dass es für den Begleiter wohl um etwas Geschäftliches ging.

Mit einer hübschen Dame unterwegs zu sein, war die eine Sache. Aber für geschäftliche Verhandlungen war sie dann wohl eher störend, weshalb er sie für einen Moment alleine ließ.

In souveräner Manier machte Michael sich deswegen auf zu ihr.

Dafür musste er die Treppe entlang zum freien Gelände, welches nicht überdacht war.

Nachdem sich Michael durch die Menschenmenge bewegt hatte, konnte er die Blondine aus näherer Umgebung betrachten.

Sie saß gerade auf einer Bank, wieder in einem roten Kleid. Das linke Bein war über das rechte gelegt. Dabei schaute sie nach oben in den Himmel mit einem zufriedenen Gesichtsausdruck, der vermitteln wollte, dass sie die Ruhe genoss.

Eigentlich wollte Michael Sie nicht stören, weil Christine so einen friedlichen Eindruck machte. Dabei wirkte sie für ihn ein wenig wie ein Engel.

Dennoch war das Bedürfnis zur Kontaktaufnahme für Michael einfach zu groß, schließlich hatte sie einen Pass zu seinem Herzen.

Als es darauf ankam, verließ es Michael dann doch ein wenig an Souveränität!

Etwas zögerlich mit unsicherer Stimme sprach er sie an:

„Hallo Christine, wie geht es dir?

Kannst du dich an mich erinnern?"

Die letztere Frage war etwas ungestüm, da er davon ausgehen sollte, dass sie sich erinnerte.

„Ja klar!",

sagte die Dame und grinste dabei über beide Backen:

„Warum hast du nicht angerufen?

Ich hätte mich darüber gefreut!"

Michael war nicht um Ausreden verlegen und argumentierte damit, dass er beruflich viel zu tun hatte.

Aber in Wirklichkeit war er sich auch unsicher gewesen, weil er davon ausging, dass sich ihr Beruf schwer mit einer Partnerschaft vereinbaren lies. Weiterhin lag noch eine größere räumliche Entfernung als Hindernis zwischen beiden.

Im Zweifel entschied er sich bei unsicheren Fragen immer dazu, nichts zu unternehmen. Diese wollte er aber nun für sich bereinigen.

„Ah in Ordnung, ich verstehe!",

sagte sie mit vieldeutender Stimme und ergänzte in auffordernden Worten:

„Aber du rufst mich schon an!"

Michael bestätigte ihren Wunsch und nahm sich im Hinterkopf vor, sich wirklich bei ihr zu melden.

Die Blondine wollte anschließend wissen, warum Michael auf der Messe war. Sie hatte ihn nicht als Jemanden eingestuft, der sich für Zug-Modelle interessierte.

„Ich bin mit einem Onkel hier.

Er sieht nicht mehr so gut und hat mich gebeten ihn zu fahren.

Ich konnte nicht Nein sagen, da es ein guter Onkel ist!",

erfand Michael und verabschiedete sich langsam.

Aus der Ferne konnte er nämlich erkennen, wie ihr Begleiter langsam auf die Beiden zusteuerte. Die junge Frau war auch nicht auf den Kopf gefallen und verstand die Situation. So einfach gehenlassen wollte sie ihn aber dann auch nicht und gab ihm zur Verabschiedung noch einen Kuss auf die Wange. Irgendwie war Michael darüber etwas irritiert, vor allem über sich selbst.

Er hatte sich sehr darüber gefreut Christine zu sehen.

Eigentlich war er nicht der Typ der sich schnell oder gar verliebte, aber vom Empfinden her hatte es ihn erwischt. Was sich vor allem physisch mit einem schnelleren Herzschlag ausdrückte.

Weiter ging es im Anschluss mit der vermeintlichen Arbeit. So viel Pflichtgefühl gegenüber seinem Auftraggeber war für ihn mindestens angebracht. Deswegen stellte er seine Eigeninteressen zurück.

Vor allem bei der Summe, die er dafür einstecken sollte.

Michael brachte die weiteren Tage auf der Messe gut vorüber.

Allerdings war es schon etwas anstrengend gewesen, die ganze Zeit auf den Beinen zu stehen.

Zwischendurch hatte er auch Überlegungen, wie er sich besser einbringen konnte. Zeitweise stand er nämlich nur da, wie ein Öl-Götz.

Dadurch hatte er auch ungewollt ein paar Besucher verärgert, die sich beobachtet oder ausspioniert sahen.

Sein zukünftiges Vorhaben bestand darin, mit den Auftraggebern vorab zu klären, was ihr Anliegen war.

Anhand der erhaltenen Informationen hätte man ihn möglicherweise als Service-Personal oder Ähnliches einbauen können. Somit würde man gleichzeitig unzähligen Ausreden oder unangenehmen Situationen aus dem Weg gehen. Den Stein könnte er dann sicherlich unauffällig positionieren.

Sonntagabend war dann die Rückfahrt - natürlich wieder in einer Limousine. Der Zeitpunkt der Abfahrt war gegen neunzehn Uhr.

Es sollte also etwas später werden, um schlafen zu gehen als an sonstigen Tagen.

Eine geistige Verarbeitung des Wochenendes stand noch auf dem Plan. Michael begann damit aber schon auf der Rückfahrt.

Gemütlich war es im Automobil und bei der Gelegenheit dachte er besonders an die schönen Momente des Auftrages. Denn trotz der Hektik auf der Messe hatte er im Hotel wieder fast alle Entspannungsmöglichkeiten - natürlich kostenfrei - da alles auf Rechnung von Herrn Snrb ging…

Am nächsten Morgen ging es für Michael dann wieder auf seine reguläre Arbeit.

Etwas müde war er zwar, vielleicht auch deshalb aber sehr gelassen und dass trotz eines nicht niedrigen Geräuschpegels seiner Kolleginnen, die wieder sehr viel Quatsch von sich gaben.

Am Vorabend hatte er aber noch drei Flaschen Bier getrunken. Darum war es ihn für den Moment egal!

Normalerweise hätte Michael sich jetzt unwohl gefühlt, besonders wegen des geringen Niveaus seiner Kolleginnen, was an den Tag gebracht wurde.

Aber eine positive Ahnung einer besseren Zukunft schien ihn zu beschleichen. Dort bekam er das, was er seiner Ansicht nach auch verdiente, Achtung und Geld!

Durch das Wochenende erhielt Michael jedenfalls eine Menge Gelassenheit, die sich in Zuversicht und Selbstvertrauen ausdrückte.

Ein Großteil seiner Kolleginnen war deshalb irritiert. Das lag vor allem daran, dass sie selbst kaum Selbstbewusstsein hatten und abhängig von ihren eigenen Launen waren.

Selbst sein Chef sprach ihn an, als würde er etwas Böses ahnen. In der Regel ging dieser eher selten auf seine Mitarbeiter ein, aber scheinbar hatte dieser ein ungutes Gefühl.

„Die Fußballergebnisse am Wochenende sind so verlaufen, wie ich es mir vorgestellt habe!",

gab Michael zu Protokoll.

Seine Gesinnung lag nicht darin großartige Diskussion zu führen, außerdem wollte er keinen Blick in sein Innenleben zulassen und griff deshalb auf ein Ablenkungsmanöver.

Dennoch war es tatsächlich so, dass die meisten Mannschaften in dem Maße gespielt hatten, wie er es sich gewünscht hatte…

Als Michael später nach Hause ging, hatte er weiterhin das angenehm gute Gefühl.

Besonders im hellen Sonnenschein fühlte er sich stark durch die ominöse Macht des Steins. Weiterhin ging er immer noch davon aus, regelmäßig lukrative Aufträge zu erhalten.

Der Anrufbeantworter blinkte mal wieder zu Hause und Michael war mit Vorfreude dabei, diesen abzuhören. Mal wieder war er bester Dinge.

Es war Herr Romanomir, der mit ernster Stimme eine Nachricht hinterließ. Der Herr bat um ein persönliches Gespräch und fügte an, ein Angebot unterbreiten zu wollen!

Die Anforderung des Geschäftsmannes schien wohl zu wichtig, um sie am Telefon zu bereden.

Michael rief auch deswegen direkt zurück. Er war neugierig!

Beide hatten im Telefonat einen Termin für den kommenden Freitag ausgemacht.

Für Michael war das Ganze sicherlich unangenehmer, weil er sich nicht sicher sein konnte, was ihn erwartete! Noch hatte er keine weiteren Details erhalten.

Die Aussicht, wieder von einer Limousine kutschiert zu werden, brachte ihn aber auch wieder in Aufbruch-Stimmung...

Ein paar Tage später war es dann auch soweit. Michael wartete auf seine Abholung. Mal wieder war er ein paar Minuten zu früh. Pünktlichkeit war sicherlich eine seiner Stärken. Ein wenig Ungeduld spielte da sicherlich aber auch mit, denn die restliche Woche verbrachte er viel in Gedanken.

Nach einer kürzeren Auto-Fahrt wurde Michael in ein modernes Büro-Gebäude gebracht. Im fünfzehnten Stock traf er auf seinen Gesprächspartner. „Hallo, wie geht es Ihnen?",

begrüßte der Oligarch Michael in einem überschwänglichen Ton.

Michael dagegen erwiderte den Gruß des Geschäftsmannes in sachlicher Manier.

„Ich habe Ihnen ein Angebot zu machen!",

fuhr Herr Romanomir fort:

„Es ist so, Sie haben eine einzigartige Gabe und ich kenne viele Leute, die diese gerne für sich in Anspruch nehmen würden.

Deswegen möchte ich Ihnen vorschlagen, zusammenzuarbeiten.

Ich habe da auch ein Konzept vorbereitet, welches Sie überzeugen wird.

Da bin ich mir absolut sicher!"

Der Geschäftsmann klickte daraufhin auf eine Fernbedienung, die eine Leinwand erscheinen ließ. Ein weiterer Klick lies wiederum eine Art Skizze erscheinen, genauer gesagt einen Zeitplan.

Weitere Erläuterungen zur Thematik klangen sehr verlockend!

Der Oligarch versprach Michael Aufträge mit einer Auslastung von fünf Tagen die Woche auf Vollbeschäftigungsniveau.

Es waren sogar mehr als fünf Tage die Woche möglich, versicherte der Geschäftsmann.

Am Tag sollten zehn bis dreißig Tausend Euro, je nach Nachfrage, möglich sein. Natürlich verdiente Herr Romanomir daran auch etwas, dass gab er ehrlicherweise zu.

Als weiteren Schmankerl propagierte der Geschäftsmann, dass Spesen und sonstige Aufwände zusätzlich vom Auftragnehmer getragen wurden. Außerdem bot der Oligarch für eine Zusammenarbeit einen Vorschuss von zweihunderttausend Euro an.

„Lassen Sie mir zwei Tage Bedenkzeit?",
fragte Michael im ernsteren Wortlaut.

„Ich lasse Ihnen die Zeit, die Sie brauchen!
In dieser Sache möchte ich Sie nicht unter Druck setzen.",
entgegnete der russische Geschäftsmann mit einer entspannten Tonlage.

„Sehr wahrscheinlich werden wir uns auch einig!
Allerdings muss ich noch ein paar zukünftige Dinge klären, da ich zurzeit berufstätig bin.
Jedenfalls müssen noch ein paar Unklarheiten bereinigt werden!",
entgegnete Michael mit zuversichtlicher Stimme.

Der Oligarch nickte danach erfreut mit dem Kopf und verabschiedete Michael mit den Worten:

„Ich werde Ihnen meinen Chauffeur rufen!
Sie können sich kurzfristig bei mir melden oder ich komme spätestens in ein paar Tagen auf sie zu.
… Und genehmigen Sie sich ruhig einen Drink aus der Mini-Bar."

Kurz darauf saß Michael wieder in der Limousine, die ihn auch schon zu dem Oligarchen gebracht hatte.

Seine ersten Gedanken zur vorangegangen Präsentation waren durchweg positiv und erwartungsfroh. Jetzt kam er langsam auf den Weg seiner erhofften Zukunft.

Sehr entspannt lehnte sich Michael dann zurück und genoss ein Glas Whiskey, welches er sich aus der Mini-Bar genehmigte.

Dieses Angebot nahm er schon sehr gerne an…

Montag auf der Arbeit saß Michael dann da, überlegend und konzentriert.

Das Angebot von Herrn Romanomir war sehr verlockend, eine Anzahlung von zweihunderttausend Euro war eigentlich nicht auszuschlagen.

Im gewöhnlichen Beruf benötigte er viele Jahre, fast ein Jahrzehnt, um so viel zu verdienen und hier hätte er das Geld auf einen Schlag.

„Was überlegst du denn?",

fragte eine Kollegin, die Michaels Körperhaltung entsprechend interpretierte.

„Zukunftsgedanken!",

äußerte er nur kurz und knapp.

Ihm war in dieser Situation nicht danach, großartig Gespräche zu führen. Schon gar nicht über Themen die seine eigene Zukunft betrafen.

Im nächsten Moment kam aber Michael auch eine Erinnerung in den Sinn! Tatsächlich hatte er doch vergessen, Christine anzurufen. Ein Vorhaben, was ihm wichtig gewesen war.

Aufgrund des Angebots von Herrn Romanomir hatte er aber nicht mehr daran gedacht. Allerdings merkte er es sich nochmal schriftlich vor, nachdem es ihm wieder in den Sinn kam.

Im Prinzip hatte Michael die Entscheidung schon getroffen, was die Zusammenarbeit mit dem Russen anbelangte. Allerdings wollte er noch eine Nacht darüber schlafen. Organisatorische Dinge wollte er im Voraus abklären. Zwei Tage später hatte Michael seine Entscheidung abschließend getroffen und sich gegen seinen bisherigen Beruf entschieden.

Sein Drang nach einer Veränderung war zu groß. Es ging ihm auch nicht darum irgendeine Routine zu durchbrechen. Seine Persönlichkeitsentwicklung konnte im neuen Umfeld weitere Sprünge vollziehen.

Außerdem war er es auch ein wenig Leid, weiterhin mit seinen größtenteils niveaulosen Kollegen zu tun zu haben.

Den darauffolgenden Tag wollte er seine Entscheidung seinem neuen Partner schnellstmöglich mitteilen…

Bevor er in Kontakt mit dem Geschäftsmann treten konnte, musste er zunächst mal seinen regulären Berufsalltag bewältigen.

Deshalb machte er sich zur Arbeit auf und war bereits einige Meter unterwegs, als eine Limousine eine Zeitlang neben ihm herfuhr.

Innerhalb einer Minute ging auch ein Fenster hinunter und Michael konnte das Gesicht von Herrn Romanomir erblicken.

„Guten Tag, Herr Born!

Haben Sie schon über mein Angebot nachgedacht?",

fragte dieser in einem neugierigen Ton:

„Ich möchte Ihnen noch etwas zeigen, wenn Sie einen Moment einsteigen können!"

Michael hatte nicht so früh am Morgen damit gerechnet, eine Entscheidung abgeben zu müssen.

Dennoch stieg er ein, da seine Entscheidung praktisch besiegelt war.

Der Russe legte aber auch gleich ohne Umschweife los:

„Wissen Sie…

Ich habe das ungute Gefühl, dass Ihnen mein Angebot nicht zusagt!

Ich hatte eigentlich damit gerechnet, dass Sie sich kurzfristiger bei mir melden. Deswegen habe ich Ihnen etwas mitgebracht, was Sie überzeugen soll!"

Der Oligarch zeigte Michael einen schwarzen Piloten-Koffer, der prall gefüllt mit Geld war.

Es handelte sich um eine Summe von dreihundert und fünfzig tausend Euro. Michael konnte das Geld sofort haben!

„Herr Romanomir!",

sagte Michael in bestimmender Tonlage:

„Sie brauchen sich keine Sorge zu machen!

Ich werde Ihr Angebot annehmen.

Allerdings muss ich noch ein paar Sachen regeln.

Ich kann nicht von heute auf morgen mit meiner regulären Arbeit aufhören! Weiterhin gehe ich aber davon aus, dass ich den Anzahlungsbetrag schon heute haben kann?!"

Herr Romanomir stimmte dem zu:

„Sicher!

Vereinbart ist vereinbart!"

Eine sichtliche Erleichterung war dem russischen Geschäftsmann danach anzusehen, der die Zusammenarbeit mit Michael auf jeden Fall eingehen wollte.

„Können Sie mich noch kurz nach Hause fahren?",

fragte Michael mit dem Hintergrund, nicht so viel Geld mit sich rumschleppen zu müssen.

Diese Bitte wurde natürlich nicht verneint. Gleichzeitig wurde aber auch vereinbart, sich noch mal am Wochenende zu treffen, um die Details zu besprechen.

Michael versprach dabei, die Dinge zu regeln und das umgehend!

Um Viertel nach acht erschien Michael im Büro.

Die Kollegin, die gegenüber von Michael saß, sprach ihn an.

Ihr war nämlich bewusst, dass man sich auf Michael verlassen konnte, wie ein Schweizer Präzisions-Uhrwerk.

Aber heute war er später im Haus als sonst.

Michael selbst hatte ihr gegenüber noch ein schlechtes Gewissen.

Sie war noch eine Kollegin, mit der er sich mehr als gut verstand und das nicht nur oberflächlich.

„Alles in Ordnung soweit!",

sagte Michael.

Aber er brachte es so rüber, wie er es meinte - nichts war in Ordnung! Deshalb gab er ihr ein Zeichen mit den Händen, dass er ihr eine Nachricht zukommen lassen wollte.

Beide mailten immer miteinander bei kritischen oder diskreten Themen. Manchmal machten sie untereinander auch verruchte oder anzügliche Scherze. Dies war der beste Weg, damit die Anderen nichts mitbekamen. Jedenfalls verfasste Michael ein langes Mail.

Dabei wollte er so detailliert, wie möglich, schreiben.

Die Sache mit dem Stein konnte er in diesem Zusammenhang aber nicht erwähnen, da es sein alleiniges Geheimnis war.

Michael war gut darin Körpersprache zu lesen und er bekam auch die Reaktion seiner Kollegin mit, die im ersten Moment ihren Kopf richtig heftig schüttelte.

Es war wohl ein Zeichen dafür, dass sie es nicht glauben konnte oder wollte, was sie las.

„Meinst du das Ernst, was du da schreibst?!

Du willst kündigen?!",

schrieb sie ihm zurück.

Michael bejahte nochmals in seiner Antwort, gleichzeitig konnte er aber auch ihre Fassungslosigkeit verstehen. Beide waren schließlich gute Kollegen und nun sollte es zur Trennung kommen, die vor allem für die Kollegin schwierig war…

Den ersten unangenehmen Teil hatte Michael somit erledigt. Jetzt ging es aber auch noch darum, den weiteren vielleicht größeren unangenehmen Teil rumzubringen - die Kündigung selbst.

Ein schlechtes Gefühl hatte Michael gegenüber dem Unternehmen schon. Schließlich war er seiner Firma loyal gegenüber eingestellt. Aber Abteilungsintern lief es aus der Sicht von ihm nicht so, wie es entsprechend der Unternehmens-Richtlinien sein müsste!

Ganz erfahrungslos bezüglich von Eigenkündigungen war Michael aber nicht. Bereits vorab hatte er in einem anderen Unternehmen gekündigt.

Damals war es so gewesen, dass ihm von der Firma Versprechen gemacht wurden, die nicht eingehalten wurden.

Ein Vergehen, was für Michael untragbar war!

Deshalb hatte er damals auch hingeworfen! Im Nachhinein betrachtet war es vielleicht blauäugig gewesen, aber der Erfolg gab ihm am Ende recht. Jedenfalls bat Michael seinen Vorgesetzten sehr entschlossen um ein vertrauliches Gespräch, was dieser auch sofort einlöste.

Bei der Forderung von Michael wirkte dieser etwas irritiert und im Gespräch nahm der Abteilungsleiter zunächst die Initiative an sich.

Anscheinend lag dem Chef auch etwas im Magen.

Sein Boss merkte an, dass er das Gefühl hatte, dass Michael unkonzentriert war. Irgendetwas stimmte aus seiner Sicht nicht und er war daran interessiert zu wissen, was los war.

Möglicherweise ging der Chef von einer geforderten Gehaltserhöhung aus, weswegen er unberechtigte Verdachtsmomente zur Ablenkung und Ablehnung in das Spiel brachte.

Dagegen machte Michael nicht lange rum!

Er wollte direkt Klarheit schaffen und legte seinem Vorgesetzten die Kündigung vor, was diesen sichtlich pikierte!

„Gibt es besondere Gründe für die Kündigung?",

fragte dieser.

Michael klärte den Abteilungsleiter auf. Dabei nahm er den Großteil seiner Kolleginnen ins Kreuzfeuer der Kritik.

Zu viele Dinge hatten sie sich erlaubt. Auf der einen Seite wurde nicht effektiv gearbeitet, andererseits wurde dann aber immer behauptet es wäre zu viel zu tun. In der Außendarstellung gab es ebenfalls viele Defizite, die schließlich die ganze Abteilung belasteten und er wollte sich nicht damit identifizieren lassen. Sicherlich hätte Michael auch sagen können, er hätte einen lukrativeren Job gefunden oder persönliche Gründe lagen für seine Entscheidung vor.

Da er sich dem Unternehmen aber verbunden fühlte, wollte er nochmal alle Missstände aufzählen.

Dazu fühlte er sich gewissermaßen verpflichtet.

„Und wenn sich das ändern würde?",

fragte der Chef, der darum bemüht schien, seinen besten Arbeiter nicht zu verlieren.

Michael war im Prinzip klar, dass die Frage nur rhetorisch war.

Bereits vorab hatte er seinen Vorgesetzten auf Defizite angesprochen, aber es änderte sich nichts.

Er war sich sicher, dass sich auch jetzt nichts ändern würde!

Deswegen entschied sich Michael letztendlich dazu, unseriöse Forderungen zu stellen, um das Ganze zu beenden. Dabei bestand er auf den schnellstmöglichen Rauswurf zweier Mitarbeiterinnen an!

„Das kann ich nicht machen!",

sagte der Chef hektisch und schaute Michael entsetzt an.

„Dann ist ja klar, wie es jetzt weiter geht…",

entgegnete Michael kühl.

Schließlich kam es dann auch so, wie es kommen musste…

Die weitere Zusammenarbeit wurde noch am gleichen Tag beendet, da Michael reichlich Überstunden gesammelt hatte und diese in Anspruch nehmen durfte.

Sicherlich auch, weil sich im Abteilungsleiter eine große Enttäuschung breitmachte. Dieser nahm das ganze wohl persönlich und handelte deshalb in diesem Moment auch nicht rational.

Wenig später verließ Michael seine Arbeitsstätte zum letzten Mal.

Zu diesem Zeitpunkt war er ja noch angestellt. Vorher verabschiedete er sich noch bei vielen Kolleginnen und Kollegen.

Einige waren überrascht, besonders über den plötzlichen Abgang, weil es zuvor dafür keine Anzeichen gab.

Dennoch schien für ihn danach die Sonne und das sicherlich auf zweierlei Arten.

Michael blickte selbstsicher auf. Dabei hatte er nicht den geringsten Zweifel an seiner Entscheidung gehabt.

Zusätzlich war er sogar ein Stück erleichtert.

Vor Beendigung seiner Firmen-Laufbahn hatte er relativ viele Probleme. Diese übertrugen sich mental auf Michael, der zunehmend Schwierigkeiten hatte mit dem unprofessionellen Verhalten seiner

Kolleginnen auf der Arbeit. Das schlug sich in einer gewissen Müdigkeit und Erschöpfung nieder.

Wenn er keinen Kampfgeist gehabt hätte, wäre er möglicherweise einem Burn-Out unterlegen...

Zum Glück war es recht früh am Tag.

Gegen Mittag dachte er daran etwas Wichtiges zu erledigen, was noch offen war.

Sein Vorhaben war, sich bei Christine zu melden. Eigentlich war es auch der perfekte Zeitpunkt dafür, da er auf gewisse Art und Weise nicht mehr zeitlich und räumlich gebunden war.

Außerdem konnte er damit vielleicht die Kündigung geistig verarbeiten.

Zu Hause angekommen legte Michael als erstes sein Sakko ab. Dann zog er seine Krawatte aus und legte diese behutsam zur Seite.

Den obersten Knopf seines Hemdes hatte er nie geschlossen, auch nicht heute, da es ihm ansonsten zu sehr auf den Hals drückte.

Dann griff er zum Telefon und wählte die Nummer seiner Herzensdame. „Hallo Christine.

Ich bin es, Michael!",

sagte er, als sie sich meldete.

„Hallo Michael!

Hat ja doch wieder etwas gedauert, bist du dich gemeldet hast!

Es freut mich aber, dass du endlich angerufen hast!",

antwortete sie mit offener Stimme.

„Ich weiß, dass es etwas länger gedauert hat.

Aber ich musste berufliche Dinge regeln, die ich heute abgeschlossen habe. Es waren komplexere Themen.

Aber jetzt ist mein Kopf wieder frei.

Und wie geht es dir so?",

fragte Michael in dem Bestreben ihren Gemütszustand rauszufinden.

„Ja, mir geht es gut!",

sagte Christine und fragte weiter:

„Was meinst du mit berufliche Dinge regeln?"

Michael teilte ihr mit, dass er seine bisherige hauptberufliche Tätigkeit niedergelegt hatte und im Ansatz dazu auch die Hintergründe.

Außerdem erwähnte er auch, dass er sich jetzt anderen Projekten widmen wollte. Christine fand die ganze Thematik spannend und war neugierig.

„Sehen wir uns jetzt vielleicht öfter?",

fragte sie interessiert.

Michael war sich nicht sicher…

Deswegen teilte er ihr mit, dass es möglich war. Aber grundsätzlich konnte er zu diesem Zeitpunkt nicht abschätzen, wie es weiterging.

Beide hatten einiges zu besprechen, deswegen wurde es ein längeres Telefonat. Rund zwei Stunden hatten sie am Hörer verbracht und sie vereinbarten auch gleich, demnächst wieder zu telefonieren oder gar ein persönliches Treffen zu arrangieren!

Nach dem Telefonat ging Michael ein weiterer Gedanke durch den Kopf. Herrn Romanomir wollte er gleich über seine aktuelle Lage informieren. Michael war schon dazu bereit, am Wochenende Aufträge entgegen zu nehmen.

Der Oligarch jedenfalls war erfreut über den Anruf und die Mitteilung von ihm. Damit waren alle Voraussetzungen für eine erfolgreiche Zusammenarbeit geschaffen.

Weiterhin konnte der Geschäftsmann auch gleich einen Auftrag für Freitag offerieren, trotz der recht kurzfristigen Information von Michael.

Anschließend verbrachte er den Rest des Tages in Feierlaune.

Schließlich gab es etwas zu zelebrieren - ein Neuanfang in einem interessanten Berufsumfeld mit sehr guter Bezahlung.

Zur Einstimmung auf eine minimale Feier für sich selbst machte Michael sich auf den Weg in das nächstgelegene Lebensmittelgeschäft. Ein paar Kleinigkeiten wollte er sich besorgen. Im Fokus standen leichte Snacks, wie Kartoffel-Chips oder Ähnliches.

Weiterhin sollte ein Fest natürlich mit Alkohol gefeiert werden. Bevorzugt waren süffige Getränke beziehungsweise Bier.

Zusätzlich wollte er aber noch etwas deftigeres Essen, weil er am Abend vielleicht doch mehr als nur eine Flasche verzehren wollte.

Im Geschäft landete zuerst eine Packung Cheese-Burger in seinem Einkaufswagen. Ein Stück weiter hinten fand er Knabber-Gebäck. Dort suchte er sich Chips raus, die in einer Röhre verpackt waren. Übertreiben mit fettigem Essen wollte er schließlich nicht.

Zum Abschluss begab er sich zu den Getränken, wo er sich für ein herbes Nord-Bier entschieden hatte, was in sechs drittel Liter Glas-Flaschen verpackt war.

Zu Hause angekommen bereitete sich Michael gleich die Burger zum Essen auf.

Dabei handelte es sich um Essen für die Zubereitung in der Mikrowelle, das nicht gerade üppig belegt war. Deswegen steckte er nur das Fleisch in die Mikrowelle, für eine Minute und zehn Sekunden.

Die dazugehörigen Brot-Scheiben backte er in einem kleinen Grill auf, damit sie knusprig wurden. Zusätzlich nahm er noch etwas Salat, Tomaten und verschiedene Soßen, die er noch zu Hause hatte.

Das Resultat konnte sich jedenfalls sehen und schmecken lassen.

In der Tat konnte Michael weitaus mehr aus den Burgern herausholen, als ursprünglich angedacht. Dazu wurde dann gleich noch eine Flasche Bier geöffnet, um die Mahlzeit gut runter zu spülen.

Nach dem Speisen war Michael für das Erste gesättigt und aus seiner Sicht auch gut vorbereitet, später die weiteren Bier-Flaschen zu verzehren.

Bis dahin war aber auch noch einiges an Zeit, da es weiterhin noch recht früh am Mittag war.

Den weiteren Tag verbrachte er dann damit, Musik zu hören und ein DJ-Set aufzulegen. Nach langer Zeit kam er endlich wieder dazu, seinem Hobby zu frönen. Und spontane Aufnahmen waren meist auch die besten.

Dazwischen gab es dann weitere Bier und Chips bis es schließlich am späten Abend zum Schlafen ging.

Am nächsten Morgen wurde Michael eher unsanft geweckt.

Das Telefon klingelte permanent!

Beim dritten oder vierten Anruf ging er erst an den Hörer. Vorher wurde das Klingeln durch ihn einfach ignoriert. Schließlich war er noch etwas müde und nach dem Alkohol vielleicht noch etwas lustlos.

Herr Romanomir war auf der anderen Seite der Leitung.

„Wie geht es Ihnen?",

fragte dieser.

„Etwas müde, aber ansonsten in Ordnung!",

entgegnete Michael.

Beide besprachen die Details zum neuen Auftrag.

Mittlerweile waren sogar weitere dazu gekommen.

Für Freitag bis Montag konnte der russische Geschäftsmann Michael theoretisch einplanen.

Eventuell war noch ein weiterer Zeitraum möglich.

Jedoch sagte Michael für den Anfang nur bis Montag zu und lies sich mit Details versorgen…

Am Freitagmorgen wurde er persönlich von Herrn Romanomir für seine Aufgabe abgeholt.

Zur Überraschung von Michael war Christine mit an Bord. Der Oligarch wies auch darauf hin, dass eine weibliche Begleitung für den Auftrag vorteilhaft war.

Diese Aufgabe allein ging über zwei Tage.

Deshalb ging Michael auch davon aus, dass die Blondine über beide Tage seine Begleitung war.

„Ihr habt euch bei der ersten Veranstaltung sehr gut verstanden und ich finde, ihr passt auch gut zusammen!",

versuchte der Russe zu erklären.

Christine und Michael störten sich jedenfalls nicht daran, eher das Gegenteil war der Fall. Optisch gesehen passten beide auch sehr gut zusammen!

Die Fahrt war nach zwei Stunden vorbei und die Arbeit ging los.

Mal wieder war es eine Hochzeit. Für Michael war es gefühlt die hundertste…

Am ersten Tag erfolgte die standesamtliche Trauung mit anschließend kleiner Feier.

Den darauffolgenden Tag sollte dann die kirchliche Trauung stattfinden und umfangreich gefeiert werden.

Die formelle Trauung ging zum Glück zügig vorbei und auf dieser Feier kamen sich Christine und Michael wieder etwas näher.

„Es freut mich, dich wieder zu sehen!",

hauchte sie in das Ohr von Michael.

Später machten sich beide kichernd auf ins Hotelzimmer.

Mittlerweile war es schon am Abend und vorher hatten sie noch etwas Alkohol zu sich genommen. Die Getränke waren ja frei gewesen, aber beide bewegten sich dabei auch im vernünftigen Rahmen.

Im Hotelzimmer ging es plötzlich schnell!

Christine hatte sich nach kürzester Zeit bis auf ihre Unterwäsche ausgezogen. Lediglich der schwarze BH und ihr String-Tanga blieben noch an.

„Ich habe da eine Idee.",

sagte sie zu Michael und holte wieder einen kleinen Koks-Beutel aus ihrem BH.

„Diesmal ziehst du aber von meinem Bauch!",

ergänzte sie leicht dominant und platzierte gleichzeitig etwas Kokain darauf.

Michael nahm einen Zwanziger und rollte diesen zum Röhrchen.

Dann zog er sich das Pulver von ihrem Bauch durch seine Nase.

Im nächsten Moment zog Christine nach und baute sich auch eine Line auf dem Nachtschrank, die gleich weggezogen wurde.

Durch den Rausch lag eine ganz besondere Mischung in der Luft.

Eine Art Mixtur von Drogen- und Liebes-Rausch war es, was beide beflügelte und mehrere Stunden anhielt.

Ausgelaugt, kraftlos und müde machten sich beide spät in der Nacht auf, um noch ein paar Minuten zu schlafen, damit man am nächsten Tag einigermaßen fit war…

Der nächste Morgen brach schließlich zu schnell an!

Christine und Michael waren beide noch sehr müde und kaputt. Zu lang und zu intensiv war die Nacht zuvor.

„Ich gehe als erstes ins Bad!",
überrumpelte sie ihn mal wieder.

Michael nahm es mit einem Lächeln und schaute ihr nach, als sie sich nackt auf den Weg ins Bad machte.

Sie hatte schließlich einen makellosen Körper. Das Bindegewebe bei ihr war straff und ohne Hautunreinheiten oder sonstigen Flecken.

Zusätzlich erhöhte es seinen Herzschlag, da es ihn doch immer mehr erwischt hatte.

Für ihn war das als selbsternannter Misanthrop und Einzelgänger etwas ungewohnt.

Normalerweise war er total rational denkend.

Physisch ausgelaugt fühlte er sich ansonsten und etwas abgetan, was er dem Kokain-Gebrauch zuschrieb. Appetitlosigkeit kam auch noch dazu.

Das mit den Drogen wollte er Christine auch versuchen zu austreiben.

Er wusste jedoch bloß noch nicht, wie er das anstellen sollte…

Eine Stunde später ging der offizielle Teil mit der kirchlichen Trauung weiter. Beide waren allerdings eine viertel Stunde zu spät angekommen.

Für Michael war das eine ungewohnte Situation, da er in der Regel überaus verlässlich war, mindestens so präzise wie ein Schweizer Uhrwerk.

So war zumindest das eigene Bild über sich. Aber auch Außenstehende attestierten ihm schon positive Attribute diesbezüglich.

Die Mimik von Herrn Romanomir sprach Bände im negativen Sinne, in Bezug was er von der Verspätung der Beiden hielt.

Dass er dies kurzfristig auch bei beiden ansprach, war irgendwie klar! Schließlich war das kein gutes Geschäftsgebaren.

Michael sicherte dem Oligarchen direkt zu, dass eine Wiederholung dieses Fopeux nicht folgen sollte!

Nach dem Gespräch durften Michael und die Blondine aber doch etwas feiern, schließlich ging es ja auch um eine gute Repräsentation.

Die Gästeliste jedenfalls muss sehr lang gewesen sein, denn es trieben sich viele Leute auf dem großen Areal rum.

Nach einer Zeit neigte sich der Tag mal wieder dem Ende zu.

Michael hatte viel Spaß auf der Feier, obwohl es normalerweise nicht so sein Fall war.

Aber die Begleitung von Christine beflügelte ihn einfach und er war durch die Niederlegung seiner bisherigen Tätigkeit auch soweit, Dinge zukünftig positiver anzunehmen.

Beide waren sie auf der Tanzfläche, der Hochzeitswalzer war schon längst gespielt worden und es lief ruhige tanzbare Musik.

Christine hatte die Arme über die Schultern von Michael gelegt.

Beide tanzten langsam in den Sonnenuntergang, den auch aufmerksame Beobachter wahrnehmen konnten. Denn die Tanzfläche befand sich auf freiem Gelände.

Als sich beide noch in einem langsamen Tanzzustand befanden, blickte Christine Michael tief in die Augen und sagte dann in einem etwas traurigen Ton:

„Ich weiß nicht, wie ich es dir sagen soll, aber ich muss langsam gehen.

Ich werde bereits in zehn Minuten abgeholt."

Michael war natürlich nicht begeistert, aber er wollte den schönen Moment nicht mit seiner Enttäuschung kaputtmachen und antwortete ihr mit zuversichtlicher Stimme:

„Schade!

Aber ich hoffe, wir sehen uns bald wieder!"

Die Blondine küsste Michael auf die Backe und sagte:

„Ich will dich auf jeden Fall so schnell, wie möglich, wiedersehen!"

Die angedachten zehn Minuten vergingen sehr schnell, gefühlt waren es allemal zwei Minuten und es kam, wie es kommen musste…

Beide gingen erst mal getrennte Wege. Kurz darauf suchte Herr Romanomir Michael auf und besprach mit ihm die weitere Lage.

Die Geschäfte mussten schließlich weiterlaufen, privates Glück hin oder her. Für den nächsten Auftrag hatten beide ein Treffen vereinbart, schon am nächsten Morgen darauf um neun Uhr…

Am darauffolgenden Tag um acht Uhr bekam Michael einen Weckruf! Allerdings konnte er sich nicht daran erinnern, eine solche Anforderung gestellt zu haben.

Jedenfalls ging er davon aus, dass sein Geschäftspartner dahintersteckte. Das zu späte Erscheinen von Michael am Vortag löste wohl einen Vertrauensverlust beim russischen Geschäftsmann aus...

Unabhängig davon war es Michael aber egal, ob er geweckt wurde oder nicht. Er konnte die Nacht nicht so gut schlafen.

Das mochte vielleicht daran liegen, dass er wieder alleine war. Vielleicht waren es aber auch die Nachwirkungen vom Kokain.

Michael war aber auch klar, dass es jetzt mit dem Schlafen vorbei war.

Hätte er freigehabt, dann würde er sicherlich versuchen noch etwas liegen zu bleiben.

Andererseits hatte er aber auch schlimmere Zeiten erlebt.

Es gab mal eine Nacht, an der Michael mit seinem Bruder Fußball schaute. Beim Finale der Meisterschaft für Amerika gab es den Klassiker zwischen Argentinien und Brasilien.

Natürlich wurden dann auch mehrere Bier verzehrt, es waren an diesem Abend jeweils vier Flaschen pro Kopf.

Letztendlich gingen beide gegen drei Uhr nachts schlafen und bei Michael rappelte der Wecker wieder um sechs Uhr morgens…

Nun ging er aber als erstes in das Bad und nahm sich Zeit, da er auch noch etwas behäbig wirkte. Auf ein Frühstück verzichtete Michael.

Er hatte nicht wirklich Lust, etwas zu essen.

Außerdem traf er sich noch mit Herrn Romanomir. Vielleicht gab es da noch eine Kleinigkeit zu essen oder zumindest einen Kaffee?

„Sie sehen heute aber nicht so gut aus!",

stellte der Russe direkt fest und ergänzte:

„Geht es Ihnen nicht gut?".

„Alles in Ordnung.

Ich habe nur etwas kurz geschlafen.

Das kommt einfach mal vor.",

antwortete Michael, um zu beschwichtigen.

Bei dem vereinbarten Treffen kam Michael glücklicherweise zu seinem gewünschten Kaffee.

Eine Kleinigkeit aß er auch noch, obwohl sein Verzehrdrang nicht so hoch war, aber er wollte nicht ganz entkräftet zum nächsten Einsatz kommen.

„Warum bin ich hier?

Was steht heute für ein Termin an?",

fragte Michael, der bisher keine konkreten Informationen erhalten hatte.

„Eine Firmenschulung!

Die geht zwei Tage lang.

Ein guter Geschäftspartner hat mich um meine Hilfe gebeten.

In seinem Unternehmen gibt es Probleme mit den Mitarbeitern und der Arbeitsmoral!

Die letzten Wochen und Monate ist es sogar noch schlimmer geworden, da schlechtes Wetter für zusätzlich miese Laune sorgt.",

sprach der Oligarch etwas desinteressiert, weil er nebenbei noch seine Post sortierte.

In diesem Moment wurde Michael zum wiederholten Mal seine Gabe bewusst.

Was er zum Teil mittlerweile als selbstverständlich ansah, weil er es alltäglich erlebte.

Während weltweit die Leute Trübsal bliesen, weil sie vom schlechten Wetter genervt waren, konnte er jeden Tag den Sonnenschein genießen

„Gibt es irgendwelchen besonderen Instruktionen?

Muss ich auf was Bestimmtes achten?",

fragte Michael interessiert zurück.

„Eigentlich nicht.

Halten Sie sich in der Nähe von den Mitarbeitern auf!

Bleiben Sie aber auch gleichzeitig auf Distanz.

Die Personen sollen nicht denken, dass sie ausspioniert werden.

Wenn Ihnen aber etwas bei den Leuten auffällt, können Sie es im Hinterkopf behalten",

antwortete der russische Oligarch sachlich.

Die Nachricht von der Firmenschulung nahm Michael positiv entgegen. Besonders deswegen, weil er sich als Unbeteiligter aufhalten sollte, da das Event in einem öffentlichen Park stattfand.

Somit brauchte er auch keine Alibis oder Ähnliches.

Schnell fuhr er nochmal kurz nach Hause, richtete ein paar Dinge und machte sich auf zum Zielort…

Angekommen saß Michael auf einer Bank, etwas entfernt einer Menschengruppe.

Vermutlich Mitarbeiter der Firma seines Auftraggebers.

Dabei handelte es sich um keine besonders große Gruppe, vielleicht höchstens dreißig Mann.

Ein Blick auf die Gruppierung lies Michael vermuten, dass einige Personen den Sonnenschein positiv aufnahmen. Jedenfalls wirkten sie zum Teil gelöst und befreit, wenn sie in den Himmel sahen.

Es schien nicht so, als hätten sie Angst vor dem bevorstehenden Termin.

Michael hatte lockere Klamotten an, einen Trainingsanzug.

Mit der Kleidung hatte er das Gefühl, sich in ausreichender Nähe aufhalten zu können.

Die Leute konnten seinetwegen das schlimmste über ihn denken.

„Vielleicht ist es ein Penner oder ein Asozialer?",

so war zumindest der Gedankengang, den er den Personen zutraute.

Ein Blick in die Ferne lies schon erahnen, dass die Wetteraussichten eigentlich nicht so gut waren.

Glücklicherweise hatte Michael ein mobiles Videospiel dabei, um sich seine Zeit zu vertreiben.

Etwas zu essen und zu trinken wurde ihm auch mitgegeben.

Durch geschicktes Verhalten konnte er sich einen Platz ergattern, der nicht weit von der Gruppe war. Sozusagen hatte er die perfekte Distanz gefunden ohne auffällig zu werden.

Ab und zu warf Michael einen Blick auf die Leute, der unbeteiligt wirken sollte. Es war schon interessant, was für Übungen und Gespräche geführt wurden.

Durch die zum Teil hohe Lautstärke war vieles zu mitbekommen.

Den Beteiligten erschienen manche Situationen sogar peinlich bis unangenehm!

Weiterhin gab es auch einige offensichtliche Konflikte, die gelöst werden mussten.

Für Michael schien jedenfalls klar zu sein, wer für die Missstimmung verantwortlich war…

Eine kleine Gruppe von Frauen verhielt sich verdächtig!

Auffällig waren die Blicke, welche die Frauen untereinander austauschten. Auch zögerliche Antworten auf Fragen waren sichtbar. Kritische Fragen wurden phasenweise mit leeren Worten beantwortet.

Ähnliche Verhaltensweisen hatte Michael schon damals in seiner ehemaligen Firma beobachtet.

Jedenfalls spielte er dann mit seinem Videospiel weiter.

Nach einiger Zeit wurde Michael plötzlich angesprochen.

„Entschuldigung?

Darf ich Sie mal etwas fragen?",

entgegnete ein Mann, der nicht zur Gruppe gehörte, aber eine Zeitlang dieser beiwohnte.

„Legen Sie los!",

sprach Michael auffordernd.

„Mein Name ist Herrmann Wolf und ich bin ein unabhängiger Personal-Coach von Beruf!",

sprach dieser und ergänzte:

„Ich habe heute und morgen ein Training mit der Gruppe dort drüben!"

Danach zeigte er auf die Menschen, die Michael teilweise schon beobachtet hatte.

Michael fragte zurück:

„Wie kann ich Ihnen helfen?"

„Es ist in der Tat so, dass ich für den Moment nicht richtig mit der Gruppe weiterkomme.

Man könnte sagen, wir bewegen uns in einer verfahrenen Situation.

Momentan ist irgendwie der Knoten drin.

Diesen würde ich gerne mit einer unbeteiligten Person auflösen.

Deshalb möchte ich Sie gerne um Ihre Hilfe bitten!"

Michael überlegte kurz und teilte Herrn Wolf zustimmend mit:

„Wenn ich Ihnen helfen kann, stelle ich mich gerne zur Verfügung.

Worum geht es bei dem Training und was soll ich machen?"

Der Coach sprach referierend:

„Diese Veranstaltung soll dazu dienen, die Mitarbeit der Kollegen zu stärken. Es ist eine Teambuildingmaßnahme.

Ich möchte Sie vor der Gruppe um Stichpunkte bitten oder Ideen, damit wir Themen haben, auf die wir aufbauen können."

„Ich denke, dass kriege ich hin.

In meiner damaligen Firma hatte ich bereits ähnliche Seminare.

Unter anderem ging es auch um Unternehmenswerte.

Ich denke, dass passt auch zum Thema Teambuilding!",

sagte Michael zuversichtlich.

„Prima!",

entgegnete der Coach und beide machten sich auf zur Truppe.

Herr Wolf sprach Michael nochmal vor der Runde an:

„Sie sind Herr …?".

„Born.

Michael Born.",

antwortete er.

„Können Sie uns sagen, was Sie unter Gemeinschaftsgefühl verstehen?", wurde Michael von Herrn Wolf gefragt.

„Naja … Selbstreflexion, Verantwortung, Professionalität, um ein paar Stichworte zu melden.

Wichtig ist, dass man eine gemeinsame Basis hinbekommt, schließlich wird auch jeder einzelne entsprechend bezahlt.

Faulenzer müssen etwas fleißiger werden und fleißige Mitarbeiter müssen vielleicht nicht alles so eng sehen!",

sprach Michael und ergänzte:

„Außerdem ist es ist halt auch zwingend erforderlich, dass jeder einzelne Mitarbeiter sein Aufgabengebiet im Griff hat.

Mich würde es zum Beispiel sehr ärgern, wenn ich Aufgaben von anderen übernehmen müsste, während diese Daumen drehen!"

Einige Personen bekamen einen hochroten Kopf.

Ihnen schien nicht zu gefallen, was er zu sagen pflegte.

Die genannten Ausführungen hatten schließlich auch mit Arbeit zu tun.

Ein großer Teil der Gesellschaft heutzutage war aber mehr daran interessiert, eigene oft private Themen zu befriedigen, als dem Arbeitgeber loyal zu dienen.

Die eigenen Rechte wurden den dazugehörigen Pflichten vorangestellt!

Im Moment genoss Michael schon die Situation.

Da er nicht befangen war, konnte er frei auftreten.

Ein Stück weit hatte er sogar das Gefühl, etwas Gutes und Sinnvolles zu tun, allem voran für seinen aktuellen Auftraggeber. Schließlich war ihm schon danach in einer besseren Welt zu leben.

Aus dem kurzen Moment, wie im Vorhinein gedacht, wurde immerhin fast eine ganze Stunde.

Es war schon so, dass Michael einiges zu sagen hatte.

Aber es lag auch daran, dass die eigentlich zu schulenden Mitarbeiter wenig Interesse daran zeigten, mitzuarbeiten.

Jedoch kam zum Ende von Michael etwas mehr Bewegung in die Truppe, als er zum Abschluss noch erwähnte:

„Solche Schulungen haben oft zur Folge, dass Personal rationalisiert wird, sofern sich die Einstellung nicht ändert!

Also wer jetzt nicht mitwirkt und die Veranstaltung einfach so abtut, trägt dazu bei, dass willkürlich Leute entlassen werden!"

Die Aussage war sicherlich auch etwas spaßig gemeint.

Michael war schließlich nicht davon betroffen und er konnte es auch einfach so sagen. Der Hintergrund dieses Satzes war aber durchaus schon ernsthaft. Danach ist jedenfalls der Unterhaltungswert der Veranstaltung ist sichtlich gestiegen.

Es ging drunter und drüber und in der Gesamtheit war jetzt auch mehr Aktion vorhanden.

Wären Fernsehkameras vor Ort gewesen, hätte man sicherlich eine interessante Dokumentation oder Unterhaltungsserie produzieren können. Während Michael seelenruhig mit seinem Videospiel weiter machte…

Am darauffolgenden Tag ging es dann weiter mit seinem Auftrag.

Michael erreichte den Park vor allen anderen. Ihm lag es auch daran, keinen unbegründeten Verdacht aufkommen lassen.

Schließlich hätte man vielleicht annehmen können, dass er ein Spitzel des Chefs war, weil er wieder vor Ort war.

Deswegen kleidete er sich auch wieder ein wenig schlampig, um als Arbeitsloser zu gelten.

Die ersten Mitarbeiter, die dann am Morgen eintrafen, war die besagte Frauengruppe.

Diese hatte Michael anscheinend als Übel ausgedeutet.

Sein Verdacht, dass sie zu den Tätern gehörten schien sich zu bestätigen als er von Ihnen angesprochen wurde.

„Haben Sie kein zu Hause oder sind Sie von unserem Chef angeheuert worden, um uns zu bespitzeln?",

fragte eine der Frauen mit einem pampigen Unterton.

Michael entgegnete gelassen:

„Das hier ist ein freies Land und ich kann mich rumtreiben, wo und wann ich will solange ich keine Gesetze verletze.

Außerdem habe ich Urlaub und bei dem Wetter wäre es ja ein Verbrechen, zu Hause zu bleiben!

Des Weiteren wird bei mir zu Hause renoviert.

Dort ist es mir zu laut.

Hier kann ich etwas meditieren!"

Die Antwort von Michael schien nicht zu gut anzukommen.

Die Frauen jedenfalls warfen ihm weiterhin böse Blicke zu, machten sich aber dann ein Stück weiter.

Dagegen machte er beim gestrigen Videospiel weiter und warf zwischendurch immer mal wieder einen Blick auf die Gruppe, die sich nach und nach auffüllte.

Die Stimmung untereinander schien noch etwas angespannt zu sein.

Michael jedenfalls konnte vielen Köpfen eine Anspannung ablesen.

Entspannte Gesichter waren nicht zu erkennen.

Das Coaching hatte zur Halbzeit wohl keine großartigen Resultate erbracht, so erschien es für den Moment.

Zumindest war Michael positiv gespannt, was für Übungen geplant waren. Da er an den Methoden interessiert war, wagte er immer mal wieder einen Blick rüber.

Für ihn sah es aber nicht so aus, dass neue Programme angewendet wurden.

Lediglich ihm bekannte Verfahren kamen zum Tragen.

Nach und nach verging das Training und die Zeit schien sich dem Ende zuzuneigen, was für Michael bedeutete, auch demnächst Feierabend zu haben.

Weit nach fünf Uhr abends war das Seminar beendet und der Trainer fasste lautstark nochmals energische Worte zusammen:

„Ich bin zu diesem Training gerufen worden, damit sich nachhaltig etwas zum Positiven ändert!

Wenn keine Resultate erfolgen, wird es möglicherweise auch für Unruhestifter arbeitsrechtliche Konsequenzen geben!

Das hat mir zumindest der Auftraggeber mitgeteilt, weswegen ich Ihnen das weitergeben möchte!

Seien Sie bitte so gut und beherzigen das!

In diesem Sinne wünsche ich Ihnen eine angenehme und erfolgreiche Zeit!"

Eine Weile später, als die Teilnehmer längst weg waren, erschien Herr Romanomir mit einem älteren Mann, der einen Vollbart trug und recht vertrauensselig aussah.

Im gleichen Moment wurde er auch vorgestellt.

Herr Darkormir war sein Name.

Die gesamte Situation war etwas ungewöhnlich!

Nicht das er jetzt dem Auftraggeber vorgestellt wurde, eher der Zeitpunkt kam Michael seltsam vor. Da er ansonsten eher zuvor oder zwischendrin Bekanntschaft mit diesen machte.

Der Klient hatte aber ein Anliegen, weshalb er Michael persönlich ansprach: „Entschuldigen Sie bitte!
Wenn ich etwas fragen dürfte?",
sagte er mit zögerlicher Stimme und fuhr mit seinem Satz fort:
„Aber Sie haben die letzten beiden Tage meine Mitarbeiter kennengelernt. Haben Sie vielleicht Dinge beobachtet, die verbessert werden könnten?
Als nahestehende Person verliert man leider die Objektivität und kann nicht so recht handeln, wie es angebracht ist."
Selbstbewusst gab Michael zu, Dinge beobachtet zu haben, die verbesserungswürdig waren.
Zum einen kritisierte er das Auftreten einiger Mitarbeiter und wurde auch direkt von Herrn Darkormir unterbrochen:
„Ich weiß, nach außen hin geben sie sich nicht als ganzes Team!"
„Das meine ich nicht!",
widersprach Michael und erklärte:
„Das eine ist sicherlich das Auftreten.
Grundsätzlich sollte man sauber sein und ordentliche Kleidung tragen. Manchmal habe ich aber das Gefühl, dass gewisse Abteilungsleiter gerne bevorzugt behandelt werden möchten, sozusagen am Arsch gelegt.
Das sind dann natürlich Verhaltensweisen mit denen die entsprechende Person etwas kompensieren möchte.
Die entsprechenden Mitarbeiter sind dann nach außen hin extrem freundlich, dürfen sich aber auch Entgleisungen leisten.
Solche Verhaltensweisen sind dann auch nicht immer ehrlich und dienen eigentlich nur dem eigenen Opportunismus!
Rückblickend auf meine alte Firma bin ich heute zum Teil immer noch schockiert.
Vor allem, wie sich manche Führungskräfte haben behandeln lassen – von den eigenen Mitarbeitern!"
Herr Darkormir hörte aufmerksam zu, weil Michael noch einiges ergänzte:
„Ich habe heutzutage das Gefühl, dass die kritischen Personen oft ins schlechte Licht gerückt werden, weil sie nicht freundlich erscheinen.
Wenn die sogenannten Kritiker gute Vorschläge zu Verbesserungen machen, sollten sie besser gehört werden!
Die wollen dann meistens etwas machen, um Optimierung zu erzielen!

In ihrem Fall denke ich, wenn wirklich was passieren soll, dann müssen Sie handeln!"

Michael hat solche Situationen ja schon selbst erlebt hatte. Öfters war er bei seinem damaligen Chef gewesen und merkte Dinge an, die ihn störten.

Gleichzeitig wies er aber auch mögliche Lösungsansätze auf. Die aber nicht wirklich in Betracht genommen wurden.

Der damalige Vorgesetzte schaute lieber weg, weil er ein Drückeberger war! Bei diesem Herrn hatte er übrigens auch das Gefühl, dass dieser nicht so recht handeln wollte. Lieber sprach dieser von Harmonie, als würde er in einer Art Traumwelt leben!

Als weiteren Tipp gab Michael dann aber noch an:

„Beobachten Sie am besten mal eine Gruppe mit drei Frauen.

Leider kenne ich nicht die Namen, aber eine von Ihnen ist sehr groß und die hängt mit einer kleinen dicken Frau und einer mittelgroßen dickeren Frau zusammen.

Ich habe das Gefühl, dass diese Personen falsch sind!

Das kann dann auch die Stimmung im Büro kippen!"

„Ja und was soll ich tun, wenn ich was Auffälliges beobachte?",

fragte der Herr, worauf Michael antwortete:

„Feuern Sie Jemanden oder versetzen Sie eine von den Damen!

Für zukünftige Bewerbungen stellen Sie am besten einen Psychologen ein, der sich mit Körpersprachenanalyse beschäftigt.

Der kann den Bewerbern sicherlich viel mehr entnehmen und so unqualifiziertes Personal von Anfang an aussortieren!"

Herr Darkormir schaute etwas betrübt.

Sicherlich hatte er in der Gesamtheit eine bequemere Antwort erwartet!

Aber deswegen wies Michael auch nochmal darauf hin, gerade weil er nicht für ihn direkt tätig war, konnte er sich auf dessen Wort und Objektivität verlassen.

„Ich danke Ihnen für Ihre Hilfe einerseits und zudem für Ihre ehrliche Auskunft!",

äußerte der Herr bei seiner Verabschiedung.

Michael war mit seiner Arbeit zufrieden. In ihm war ein angenehmes Gefühl, etwas Gutes getan zu haben…

Zwischenzeitlich waren einige Wochen vergangen, in denen Michael fast ununterbrochen Aufträgen nachging.

In dieser Zeit knackte Michael auch die Millionen-Grenze an Geld, was ihn auch etwas mit Stolz erfüllte, weil er dafür viel Zeit opferte.

Seine Affäre mit Christine konnte Michael trotz zeitkritischer Phasen fortfahren, da sie ihm regelmäßig begegnete.

In dieser Zeit hatten beide auch mehrere Male Streit, da Michael nicht mit dem Drogenkonsum von ihr einverstanden war.

Aber Michael gab schließlich nach, da ihm das Zusammensein mit ihr doch wichtiger war, als unnötige Streitereien.

Schließlich waren Menschen so, wie sie waren und ohne ihre Mithilfe konnte er nicht viel erreichen.

Als Michael wieder einen Auftrag abgeschlossen hatte, atmete er durch, denn er hatte nun ein paar Tage frei…

A m darauffolgenden Tag stand Michael erst spät, gegen Mittag auf.
Er wollte als erstes seinen speziellen Anzug zum Waschen bringen, da er ihn mehrere Tage hintereinander anhatte.

Dieses Vorhaben setzte er dann auch um.

Nach dem Frühstück wollte Michael gleich Christine anrufen, dass hatte er vorher so mit ihr ausgemacht. Allerdings hatte er Pech und konnte keinen Kontakt zu ihr herstellen, vielleicht auch deswegen kam ihm ein Bedürfnis auf, welchem er eine Zeitlang nicht nachkommen konnte.

Ihm war danach etwas laufen zu gehen. Allerdings wollte er bewusst das Risiko eines Regenschauers eingehen, da er einfach mal die ständige Sonnenstrahlung für einen Moment satthatte.

Im Schatten war es vielleicht auch nicht ganz so heiß, was die Bedingungen zum Laufen begünstigte.

Er joggte seine übliche Laufstrecke entlang…

Diese war geschätzte fünf Kilometer lang und die Laufdauer betrug ungefähre fünfundvierzig Minuten.

Nach den ersten paar hundert Metern konnte Michael schon erkennen, dass sich der Himmel mit schwarzen Wolken abdunkelte und ein Wind kam ebenfalls auf. Aber es blieb noch trocken.

Zur Sicherheit hatte Michael sich gut eingekleidet. Ein Thermo-Shirt und eine Lauf-Hose trug er über der Haut. Darüber hatte er noch ein langärmliges Trikot und eine Jogging-Hose.

Das hatte den Zweck, dass zum einen die Beine gut gewärmt wurden, was beim Laufen aufgrund von möglichen Zerrungen wichtig war.

Auf der anderen Seite wollte er durch die zwei Lagen einen gewissen Regenschutz erreichen, dafür hatte er zusätzlich noch eine Trainingsjacke angezogen, in der er auch seinen Schlüsselbund und Geldbeutel aufbewahrte. Außerdem trug er noch eine Baseball-Kappe und Arm-Gewichte.

Diese hatten den Zweck, seine Arm-Muskulatur während dem Laufen zusätzlich zu trainieren.

Das sah zwar etwas ungewöhnlich aus und einige Mitmenschen schauten auch komisch, aber Michael war es egal.

In der letzten Zeit hatte er doch einiges an Kondition abgebaut. Das lag vor allem daran, dass er durch seine Aufträge zeitlich nicht dazu gekommen war Sport zu machen.

Etwas quälend ging es Stück für Stück weiter und es wurde dabei auch weiterhin dunkler, da sich die Wolken immer weiter zuzogen.

Dabei machte Michael während dem Laufen immer wieder kleine Zwischenstopps wo er eine Zeitlang nur ging.

Der erste Stopp war verkehrsbedingt notwendig, da er eine Kreuzung überqueren und aufgrund einer roten Ampel anhalten musste.

Nach weiterer Zeit erreichte er fast seinen mittleren Zwischenstopp, einen kleineren Berg.

Dieser war einer Legende nach ursprünglich ein Müllberg und wurde dann umfunktioniert.

Im Prinzip war es innerhalb der Laufstrecke der weiteste Punkt entfernt von seinem Haus.

Oben angekommen konnte Michael eine interessante Beobachtung machen. Nebenbei bemerkt hatte er übrigens auch ein paar Regentropfen abbekommen.

Jedenfalls ließ ein Blick in die Richtung seines Hauses erkennen, was Michael so nicht mehr kannte, weil er sonst nur von der Sonnenseite umgeben war.

Er sah jene Sonnenseite diesmal nur aus der Entfernung!

Rund um sein Haus war alles klar und sonnig.

Michael wiederum befand sich jetzt mal auf der unangenehmen Seite, im leichten Regen und dazu gab es noch einen Wind.

Außen herum war alles dunkel, der Himmel voller Wolken.

Aber er empfand diesen Zustand nicht unangenehm! Im Gegenteil, er empfand es als wild wie das pulsierende Leben.

Die ganze Zeit nur Sonne war ihm dann auf Dauer doch etwas zu langweilig. Für einige Minuten blieb Michael auf dem Berg stehen und bewegte sich etwas, um seine Beine zu strecken und zu lockern.

Zusätzlich wollte er den etwas anderen Moment genießen. Nach kurzer Zeit ging es dann aber wieder weiter, da es noch etwas tröpfelte.

Außerdem wurde es temperaturmäßig doch etwas kühler und es ging schließlich nicht darum, krank zu werden.

Den letzten Abschnitt lief Michael dann ohne Pause. Lang genug hatte er sich ausgeruht und die Kühle trieb ihn zusätzlich an, schneller zu laufen.

Gegen Ende der Strecke kam ihm dann auch wieder die Sonne entgegen und damit auch wärmere Temperaturen.

Dadurch konnte die Kleidung von Michael etwas abtrocknen, die durch Regen und Schweiß durchnässt war.

Zu Hause angekommen sprang er als erstes unter die Dusche.

Ein frisches und angenehmes Gefühl war es, besonders nach der Anstrengung.

Kurz nach dem er damit fertig war, klingelte sein Telefon.

Wahrscheinlich war es Christine, auf dessen Telefonat Michael noch wartete…

Nachdem er sich gemeldet hatte, wurde er direkt von ihr angefleht:

„Komm bitte vorbei, mir geht es nicht so gut!"

Michael sicherte ihr zu so schnell wie möglich vorbeizukommen.

Allerdings war es auch wichtig, dass sie jetzt auch die Ruhe bewahrte.

„Leg dich ein wenig hin, ich fahre sofort los!",

ergänzte Michael mit ernster Stimme.

Ein schlimmer Verdacht drängte sich zeitgleich bei ihm auf.

Die Drogen waren sicherlich schuld!

Von Anfang an hatte er seine Zweifel, dass der Konsum von ihr nur sporadisch war. Zu oft fand er sie im Rausch vor!

Allerdings war jetzt auch nicht die Zeit, viel darüber nachzudenken!

Schließlich musste er schnellstmöglich zu ihr!

Es ging vielleicht um mehr, als ein extremer Drogenrausch, möglicherweise sogar um Leben und Tod!

Deswegen gab er Gas und fuhr so schnell er konnte, schließlich war es ein weiter Weg, mehrere hundert Kilometer.

Obwohl Michael entgegen aller Straßenverkehrsregeln fuhr, hatte er das Gefühl, nicht voran zu kommen. Immer weiter mit hoher Durchschnittsgeschwindigkeit fuhr er deswegen!

Zwischendurch wurde er aber auch mal wieder ausgebremst, durch langsame Autofahrer oder ungünstige Situationen und stauendem Verkehr.

Dennoch erreichte er sein Fahrtziel knapp unter neunzig Minuten.

Sicherlich hatte er dabei auch Glück gehabt, dass er nicht von der Polizei angehalten oder geblitzt wurde!

Sein Fahrstil war sicherlich mehrere Punkte im Straßenverkehrsregister und ein Haufen Bußgeld wert gewesen!

Hurtig rannte er zur Haustür von Christine und klingelte energisch!

Sie wohnte in einem Mehrparteien-Haus, in dem sich ungefähr zwanzig Apartments befanden. Ihre Wohnung war im obersten Stockwerk.

Selbst nach knapp einer Minute tat sich nichts!

Die zentrale Haustür blieb weiterhin verschlossen, weshalb Michael unter Zeitdruck fast alle anderen Klingelknöpfe betätigte!

Dann hatte er sogar etwas Glück und jemand öffnete, ohne eine Nachfrage über die Sprechanlage zu starten.

Endlich konnte er weitergehen!

Drei Stockwerke lagen vor Michael.

Ohne Behinderungen kam er dabei durch und klopfte mit voller Kraft an ihre Haustür!

„CHRISTINE! …….

CHRISTINE! …….

MACH AUF!"",

schrie er durch die Tür.

Es regte sich aber nichts!

Für Michael gab es nur noch eine Entscheidung! Es galt jetzt die Tür so schnell wie möglich aufzubrechen!

Alles andere stellte er nicht in Frage, schließlich kam er nicht umher, jetzt wirklich von einer möglichen lebensbedrohenden Situation auszugehen!

Er nahm einen Anlauf, soweit dieser in dem recht engen Gang möglich war und sprang dann mit voller Wucht auf die Tür zu.

Sein rechtes Schulterblatt erwies sich dann auch direkt als Tür-Öffner. Danach lief Michael als erstes in ihr Schlafzimmer!

Dort vermutete er sie und dort traf er sie auch an – regungslos!

„CHRISTINE,

CHRISTINE!"",

schrie er und schüttelte sie dabei.

Ihr Bewusstsein wollte er erreichen, aber er schaffte es nicht!

Als Ersthelfer konnte er aber nicht einfach so aufgeben!

Ordnungsgemäß setzte er als ersten Schritt einen Notruf ab, nachdem er feststellte, dass sie nicht atmete.

Danach setzte er die Herz-Lungen-Massage an!

Dreißigmal drückte er ihren Brustkorb in Höhe des Herzens ungefähr sechs Zentimeter tief. Danach beatmete er ihre Lunge zweimal und das ständig im Wechsel - mehrere Minuten lang…

Aber leider auch ohne Erfolg.

Langsam wurde ihm klar, dass er zu spät gewesen war!

Er konnte sie nicht mehr retten. Sie war schon verstorben!

Dennoch machte er mit der Herz-Lungen-Massage weiter, bis der Notarzt eintraf!

Es dauerte auch nicht lange bis die Rettungssanitäter eintrafen, die weitermachten. Michael dagegen blieb kniend bei ihr, allerdings ohne Hoffnung ihrer Wiederbelebung!

Gleichzeitig zu den Sanitätern traf auch die Polizei ein, die bei dem Notruf wahrscheinlich auch informiert wurde.

Der Rettungsarzt erkannte sofort, dass er nichts mehr machen konnte und schrieb in seinen Bericht die Todeszeit.

Die Sanitäter bedeckten danach den Leichnam und transportierten ihn ab.

Die Polizisten baten Michael um eine Aussage und Antworten auf einige Fragen, schließlich war der Melder eines solchen Vorfalls immer der erste Tatverdächtige, sofern es sich um ein Verbrechen handelte!

Auf der Polizeiwache machte Michael seine Aussage.

Er erzählte davon, wie er Christine kennenlernte, wie lang er sie kannte.

Auch den Drogenkonsum von ihr räumte er ein, bei dem er ab und an auch teilnahm.

Aber für die Polizisten klang er nicht, wie ein Tatverdächtiger.

Ihm nahmen sie ab, dass er lieber gewollt hätte, dass Christine lebte.

Nach einem Telefonat zwischen einem Polizisten und dem Gerichtsmediziner durfte Michael auch gehen, weil nicht mehr zwingend von einem Verbrechen auszugehen war.

Der Kommissar wies aber darauf hin, dass sich Michael für Rückfragen bereithalten sollte!

Mittlerweile wurde es langsam dunkel und Michael machte sich zunächst auf die Suche nach seinem Auto.

Die Polizei hatte ihn rasch mitgenommen, aber nicht zurückgebracht und alleine gelassen.

Eine Straße ging er entlang, die Straßenbeleuchtung war bereits aktiv in einem Farbton der orange erschien.

Seine Geschwindigkeit beim Laufen war eher langsam und lustlos.

Nach einiger Zeit im Regen erreichte er sein Auto.

Er hatte den Stein nicht dabeigehabt.

Zurück nach Hause ging es, nachdem er sein Fahrzeug erreichte.

Aus der Niedergeschlagenheit und Lustlosigkeit wurde Wut.

Diese lebte Michael gleich im Straßenverkehr aus, indem er wieder sehr schnell und gesetzeswidrig fuhr.

Sogar noch schneller war er unterwegs, als auf der Hinfahrt trotz phasenweise stärkerem Regen und schlechten Sicht-Verhältnissen.

Unbeteiligte hätten ihn für einen Kamikaze-Fahrer halten können!

Zu Hause angekommen hatte Michael nur noch eine Sache vor, einiges an Alkohol wegzutrinken.

Er konnte immer noch nicht verstehen, was zuvor passiert war.

Ihm kam es momentan noch so vor, als wäre alles ein böser Traum.

Da Michael nur Bier im Kühlschrank hatte, machte er sich noch mal auf den Weg zur Tankstelle, die nur fünf Geh-Minuten entfernt war.

Noch etwas Stärkeres wollte er trinken und holte sich deshalb eine Flasche Gin, die er auch direkt beim Ausgang öffnete und ansetzte.

Bis er dann zu Hause ankam, hatte er trotz der kurzen Zeit schon ordentlich was abgetrunken.

Auf der Couch ging es dann weiter. Eine Zigarette nach der anderen wurde gequalmt, dazu noch der Alkohol.

Eine Stunde später legte er sich dann auch langsam Schlafen, reichlich gefüllt mit Alkohol und dementsprechend auch in einem Delirium artigen Zustand…

Fünf Tage später befand er sich auf dem Friedhof in einem kleinen Ort, mehrere hundert Kilometer von zu Hause.

Hier sollte die letzte Ruhestätte für Christine sein.

Michael wollte es immer noch nicht so recht fassen, was passiert war.

Sein Auftreten war recht elegant mit einer Spur von Schludrigkeit.

Sein schwarzer Anzug saß wie eine eins auf seinem Körper, ansonsten bediente er sich klassisch eines weißen Hemdes und einer schwarzen Krawatte.

Bei genauerem Hinsehen konnte man aber auch Defizite feststellen.

Er hatte keine Lust gehabt sich zu rasieren und nach fünf Tagen ohne Rasur sah es schon etwas ungepflegt aus, da sein Bartwuchs etwas unregelmäßig war.

Ein tiefer Blick in die Augen ergab weitere Rückschlüsse.

Diese waren auf der einen Seite leer und leblos, auf der anderen Seite rot unterlaufen, was zum einen am Schlafmangel und zum anderen an viel zu viel Alkoholgenuss lag.

Der Trauer-Gottesdienst fand üblicherweise zuerst statt.

In der kleinen Kapelle nahm Michael ganz hinten Platz.

Es waren geschätzt um die Hundert Personen anwesend, weshalb er auch keinen Sitzplatz mehr ergatterte.

Michael war seine Anwesenheit etwas unangenehm, da er die meisten Leute nicht kannte. Allerdings war es ihm auch wichtig, dabei zu sein und noch zum letzten Mal Abschied zu nehmen.

Dafür musste er die Messe überstehen in stillster Ruhe.

Nach einigen Minuten war die kirchliche Zeremonie vorbei und es öffnete sich die Hintertür.

Sechs Personen waren auserwählt, um den Sarg langsam seiner letzten Stätte zuzuführen.

In langsamen Schritten ging es durch den Friedhof.

Ein wärmender Sonnenschein kam vom Himmel herab, denn Michael hatte diesmal daran gedacht, den Stein bei sich zu tragen.

Dank diesem hatte er Christine kennen und lieben lernen dürfen.

Im freundlichen Licht verlies Michael öfters die Erde mit seinen Gedanken, in denen ihm Christine mit ihrem bezaubernden Lächeln erschien. Zwischendurch wurde er aber auch wieder in die harte Realität zurückgeholt, einer Welt, die das misanthropische Gedankengut von Michael stetig erweiterte.

Konkret in diesem Fall störte er sich daran, dass zum einen Unrat auf Gehwegen des Friedhofs zu sehen war. Ein Ort, der die letzte Ruhestätte für einige Menschen war, wurde auf so respektlose Art beschmutzt.

Wenig Verständnis hatte Michael auch für einige Mitmenschen, die sich fröhlich miteinander unterhielten.

Eine Prise Demut wäre jetzt sicherlich angebrachter.

Das Ende der Wegstrecke nahte langsam.

Man konnte schon das ausgehobene Erdloch erkennen und der Priester der vorangeschritten war, konnte die Zeremonie zu Ende führen, bevor er sich langsam auf den Weg zurück zur Kapelle machte.

Nach und nach nahmen die Trauernden den letzten Abschied vor.

Manche machten nur das Gebetskreuz, während andere wiederum auch etwas Erde über den Sarg streuten. Vereinzelte warfen auch Blumen.

Michael kam nicht umher, noch etwas zu warten!

Er stellte sich an die letzte Stelle, da er bei den Lebenden nicht im Mittelpunkt stehen wollte.

Als er dann die Gelegenheit zum Abschied hatte, wartete er noch einen kleinen Moment!

Ein Großteil der Menschen war bereits auf dem Weg zur Trauerfeier oder nach Hause und weitere machten sich auch auf.

Endlich war der Moment gekommen!

Der letzte Abschied für ihn von Christine!

Michael hatte eine rote Rose, die er langsam hinab gleiten ließ.

Vereinzelte Tränen konnte er auch nicht mehr unterdrücken.

Zu groß und zu tief war der Schmerz gewesen!

Michael wollte sich gerade auf den Heimweg machen, als er von einer jungen Frau angesprochen wurde.

„Sind Sie Michael?",

fragte die Unbekannte und ergänzte:

„Ich bin die jüngere Schwester von Christine.

Sie hat von Ihnen viel erzählt und nur Positives!"

Michael antwortete in einem höflichen aber leicht bedrückten Tonfall:

„Freut mich, Sie kennen zu lernen.

Ich bin Michael und ich habe Ihre Schwester geliebt!

Ich möchte Ihnen auch mein Beileid ausdrücken!"

Danach nickte Michael mit dem Kopf und hatte dabei ein leichtes Lächeln auf seinen Lippen.

Mit dieser Geste verabschiedete er sich.

Der nächste Tag war angebrochen und Michael wurde mal wieder durch sein Telefon geweckt, welches klingelte.

Am anderen Ende der Leitung war Herr Romanomir, der von Michael seit einer Woche nichts mehr gehört hatte.

„Wie sieht es aus?

Ich habe viele Aufträge vorliegen!",

sprach dieser und ergänzte:

„Haben Sie ein Problem?

Ich habe seit einigen Tagen nichts mehr von Ihnen gehört!"

Michael entgegnete:

„Mir geht es momentan nicht so gut und ich möchte in dieser Phase keine Aufträge annehmen.

Ich brauche etwas Zeit!"

Der Oligarch kommentierte:

„Die Kleine.

Ich habe mir schon gedacht, dass es irgendwann Probleme gibt.

Ich möchte Ihnen aber auch mein Beileid bekunden!

Lassen Sie sich Zeit und geben Sie mir Bescheid, wenn Sie bereit sind."

Christine war dem Russen ja bekannt gewesen. Dieser hatte sie als erste Begleitung für Michael gebucht und zwischendurch gab es auch für beide Ärger, da sie sich aufgrund von Eskapaden unprofessionell Verhalten hatten. Nachdem Michael das Telefonat beendet hatte, ging er weiterschlafen.

Er hatte keine Lust gehabt aufzustehen…

Eigentlich hatte er gar keine Lust darauf gehabt irgendetwas zu machen! Danach vergingen zwei Wochen, in denen Michael noch intensiv trauerte. Die Lustlosigkeit vom Leben trieb ihn an zu depressiven Phasen und einem enormen Genuss von alkoholhaltigen Getränken! In der Zeit hatte er auch fünf Kilogramm abgenommen, weil er wenig gegessen hatte. Kalorien gelangten überwiegend durch Alkoholgenuss in seinen Körper.

Eines Tages war er ungewohnter Weise mal wieder unterwegs, um etwas Sport zu machen.

Dazu hatte er sich durchgerungen und joggte seine übliche Strecke.

Beim Training hatte Michael immer wieder das Gefühl gehabt, den Kopf etwas frei zu bekommen und diesmal reifte in ihm auch die Entscheidung, dass er für sich etwas ändern musste!

Denn so konnte es für ihn nicht weitergehen!

Während des Laufens reifte in Michael die Idee, wieder Aufträge anzunehmen.

Um die Abwechslung vom tagtäglichen Leben ging es ihm, weiterhin um die Integration ins Leben und in die Menschheit!

Um das Einnehmen von Geldern ging es ihm nicht mehr.

Dass was natürlich kein Nachteil, aber Michael war mit den Gedanken soweit, auch genügsam zu sein.

Schließlich hatte er zwischenzeitlich mehr Geld verdient, als er unter normalen Umständen überhaupt hätte verdienen und ausgeben können.

Herrn Romanomir kontaktierte er daraufhin und teilte ihm seine Bereitschaft mit, wieder Aufträge anzunehmen.

Michael war sich aber auch im Klaren, dass er jetzt nicht kurzfristig damit rechnen konnte, da die Auftraggeber eventuell langfristiger planten.

Der Russe nahm sich allerdings gleich der Sache an, da er ebenfalls daran interessiert war, wieder Geld zu scheffeln und in einem Rückruf bestätigte er auch gleich einen kurzfristigen Auftrag innerhalb von zwei Tagen.

Die Zweitagesfrist verstrich ungewöhnlich schnell, weil Michael seine Trauer anders verarbeitete und versuchte positiver zu denken.

Eine Veranstaltung einer betuchten Frau stand an.

Zu der sich Michael mit seinem Cabrio aufmachte in der Gewissheit, regenfrei und wohl gesonnt anzukommen.

So war es dann auch und Michael präsentierte sich an diesem Tag optisch in Bestform.

Seinen relevanten schwarzen Anzug trug er, dazu ein am Körper anliegendes weißes Hemd und eine goldene Krawatte. Edle schwarze Schuhe rundeten sein gepflegtes Äußeres ab.

Sein Gesicht war auch mal wieder rasiert, dass hatte er die Wochen zuvor vernachlässigt. Die Frisur saß ebenfalls im Gegensatz zur Vorzeit.

Eine Kurzhaar-Frisur hatte er sich schneiden lassen. Diese hatte an allen Seiten die gleiche Länge.

Aufgrund dessen konnte er leichtgängig Struktur in seine Haare bringen. Mental fühlte sich Michael auch wieder stark genug!

Ein angenehmes Gefühl war es für ihn gutaussehende Kleidung zu tragen, vielleicht auch mit einer kleinen Spur Genugtuung. Eine gewisse Eitelkeit kam wieder bei Michael zu tragen.

Die Fahrt in der Sonne, was ihm exklusiv vorbehalten war, tat sicherlich auch gut und war ihm ebenfalls angenehm.

Vor allem hatte er während der Fahrt eine neue Musik-CD gehört, die ihm sein Bruder Christian hatte zukommen lassen.

Eine innovative und erfrischende CD war es mit elektronischer Musik.

Nach der Ankunft wurde Michael als erstes von einer Frau angesprochen, die um die vierzig Jahre alt war und durch ihre auffällige Kleidung und Accessoires einen vermögenden Eindruck machte.

Frau von Gadron war ihr Name, allerdings wollte sie mit Myriel, ihrem Vornamen angesprochen werden.

Die Begrüßung fiel mit Küsschen links und rechts ziemlich herzlich aus, was aber sicherlich auch Standard-Programm von ihr war.

„Darko hat mir gar nicht gesagt, was für ein hübscher Mann du bist!",
ergänzte sie wohlwollend bei Ihrer Begrüßung.

Wie sich später herausstellen sollte, war sie eine alleinstehende Frau. Genauer gesagt eine Witwe, die vor einigen Jahren ihren Mann verloren hatte.

Der neue Hausherr, für den auch dieser Event stattfand, war ein dreizehnjähriger Hund - ein Pudel.

Für Michael hatten viele reiche Personen einfach nur eine Macke! Dies vor allem wegen außergewöhnlichen Wünschen oder Veranstaltungen und er bekam heute wieder ein weiteres skurriles Event geboten, was seine Meinung manifestierte.

Denn Jockel, so hieß das Pudel-Männchen sollte durch eine „Bar Mitzmau" zum Mann gemacht werden.

Diese sonderliche Veranstaltung wurde von der jüdischen Bar Mitzwa abgewandelt, also der religiösen Veranstaltung, bei der männliche Kinder beschnitten wurden.

Die eigentliche Veranstaltung gestaltete sich für Michael zum Teil zäh, da er sich mehr in der Wissenschaft sah, als in einer Religion.

Das war mitunter auch ein Grund für die langatmige Zeitreduktion, so wie er es empfand. Der Hauptteil der Veranstaltung war objektiv kürzer, als er sie selbst wahrgenommen hatte.

Zeitlich gesehen ging es ungefähr eine Stunde.

Auch der weitere Teil der Veranstaltung gestaltete sich nicht kurzweiliger. Michael konnte mit dem Großteil der Gäste wenig anfangen, da diese einen anderen Hintergrund hatten oder auch altersmäßig Generationen dazwischenlagen.

Irgendwie verging dann doch die Zeit, wenn auch nicht so schnell, wie gewünscht.

Da zudem auch schon die meisten Gäste das Anwesen verlassen hatten, konnte er sich langsam auf seinen Feierabend vorbereiten.

Als dann noch die letzten Personen das Haus verließen, wollte sich Michael zu Myriel aufmachen, um langsam seine Freizeit einzuleiten.

Die Gastgeberin hätte aber noch gerne gehabt, dass Michael eine weitere Weile verblieb und machte ihm mit harmlosen Worten ein unmoralisches Angebot.

„Willst du noch einen Kaffee trinken oder vielleicht was Anderes? Ich kann dir alternativ sogar noch etwas ganz Besonderes anbieten, wie wir uns die Zeit vertreiben können!",

sagte Sie in einem bestimmenden aber auch sanften Ton.

„Tut mir leid, für solche Dienste stehe ich nicht zur Verfügung!",

gab Michael mit einem humorlosen und trockenen Ton bekannt und ergänzte:

„Ich denke, es wird Zeit Feierabend zu machen!"

Die Hausdame verhielt sich zickig und setzte aufgebracht nach:

„Dann verschwinde endlich!

Du weißt gar nicht, was dir entgeht!"

Michael ließ es sich gerne entgehen.

Die Frau war einfach nicht sein Fall, zu alt, zu dick und auch geistig nicht auf seiner Ebene.

Schließlich war er auch erleichtert, gehen zu dürfen, da er der Veranstaltung und den anwesenden Menschen gar nichts abgewinnen konnte.

Heute hatte er das Gefühl, keine sinnvolle Aufgabe erfüllt zu haben!

Eine Sache hatte er dann aber doch, die ihm etwas Leben und Gefühl einhauchte. Die Rückfahrt mit seinem Cabrio.

Dabei erfreute er sich weiterhin an seiner neuen Musik-CD und dem Sonnenuntergang der gerade stattfand, aber vor allem auch an der Unabhängigkeit von sehr vielen ätzenden Menschen.

„Vielleicht sollte ich ganz aufhören und mich anderen Dingen widmen, die mir Spaß machen.

Mich einfach vom Leben treiben lassen und verreisen!",

dachte sich Michael in Erinnerung an den heutigen Tag.

Denn er war im Bewusstsein, eigentlich nicht mehr arbeiten gehen zu müssen, wenn er ein maßvolles Leben führte und warum sollte er sich weiterhin solchen undankbaren und unmöglichen Menschen aushändigen?

Am nächsten Morgen klingelte wieder das Telefon.

Michael hatte eigentlich frei. Da noch keine weiteren Aufträge anstanden, rechnete er fest damit, dass es Herr Romanomir war der weitere vermitteln wollte.

„Können Sie bitte schnellstmöglich bei mir vorbeikommen!

Ich habe ein dringendes Thema, was ich mit Ihnen besprechen muss!",

sprach der erwartete Herr, der am Telefon verärgert klang.

Michael nahm die Sache ernst und machte sich schnellstmöglich auf, um den Geschäftsmann zu treffen.

„Gibt es ein Problem?",

fragte Michael, der sich noch unsicher war, als er auf den Oligarchen traf.

„Frau von Gadron will ihre Rechnung nicht bezahlen!

Was verdammt noch mal haben Sie gestern gemacht?

Ich werde Ihnen für den gestrigen Tag keinen Scheck ausstellen!",

erklärte der russische Geschäftsmann und wirkte dabei ziemlich verärgert.

Es kam im ersten Moment keine Antwort von Michael.

Er konnte nicht so recht glauben, was er dort hörte!

Jeder Mensch hatte vor seiner Verurteilung eine Anhörung verdient.

In dem Moment wurde Michael aber auch klar, welche Entscheidung er treffen musste, auch wenn sie aus der Emotion herauskam.

Denn das Leben war ein Regelwerk und von nun an wollte es Michael nach seinen Regeln spielen!

Die Antwort von ihm fiel demnach auch nicht positiv aus, wobei er versuchte, ruhig zu bleiben:

„Danke für den Undank!

Bevor Sie irgendwelche Urteile fällen, sollten Sie sich zumindest eine Aussage aller Betroffenen einholen!

Ich weiß nicht, was diese Frau behauptet!

Allerdings habe ich gestern alles erfüllt, was unseren Bedingungen entspricht! Von Sonderleistungen war nie die Rede!",

und er fügte energisch hinzu:

„Damit eins klar ist!

Ich mache nur noch zehn Aufträge, danach gehen wir getrennte Wege!

Sie haben mit Ihrem Auftritt eben ihre Kompetenzen weit überschritten!"

Herr Romanomir bereute noch im gleichen Moment seine Aussagen und Vorwürfe.

Ihm war klargeworden, durch wen das Geschäft erst möglich war und demjenigen vor den Kopf zu stoßen war keine gute Idee!

Kleinlaut entschuldigte sich der Geschäftsmann:

„Es tut mir leid, was ich eben gesagt habe und wie ich es gesagt habe! Überlegen Sie sich, ob wir doch nicht darüber hinaus weitermachen sollen."

Der Russe wollte damit beschwichtigen.

Vielleicht konnte er dadurch erreichen, dass Michael seine Meinung änderte. Aber er glaubte wohl selbst nicht daran, denn er hatte Michael als einen Menschen kennengelernt, der sich selbst treu war und das von ihm verkündete auch in die Tat umsetzte.

Für Michael war das aber auch eine interessante Begegnung auf andere Art und Weise.

Den Oligarchen kannte er bisher nur als stark auftretenden Mann, der vermittelte alles zu bekommen, was er wollte.

Die Art und Weise, wie er auf die weitere Zusammenarbeit hinweisen wollte, war dann doch eher demütig und devot.

„Darauf sollten Sie nicht hoffen!

Geben Sie mir Bescheid, wenn Sie weitere Informationen zu den kommenden Aufträgen haben!",

ergänzte Michael, der sich beruhigt hatte.

.

Ein paar Tage später meldete sich Herr Romanomir indem er eine Ablauftabelle mit den letzten zehn Aufträgen präsentierte.

Alle fanden irgendwie am Wochenende statt, jeweils Ein-Tages-Aufträge von Freitag bis Sonntag.

Jobs am Wochenende waren einfach besser bezahlt und der Bedarf war dafür auch höher, da Beispielsweise bei Familienfesten ein Wochenende günstiger war, um mehr Leute zusammen zu bekommen.

Unter der Woche waren in der Regel vermehrt Geschäftsaufträge von kleineren Gruppen oder Firmen gefragt. Diese waren aber meistens nicht so gut bezahlt, da die Unternehmen oft Geld sparen wollten.

Das bedeutete für Michael, dass er zumindest die nächsten vier Wochen nicht zeitlich voll flexibel war, vier Tage pro Woche hatte er aber mindestens für sich frei.

Das war auch eine gute Gelegenheit, um zu testen, wie ihm das Nichtstun bekommen würde.

Die vier Wochen vergingen dann aber doch recht schnell!

Die zehn Aufträge, die er zu vollbringen hatte, brachte er souverän rum. Allerdings merkte er in der Zeit auch, dass seine getroffene Entscheidung richtig und unwiderruflich war.

Die Feiern, die damals noch mit Christine stattfanden, waren noch anders und für ihn was Besonderes. Da fühlte Michael sich gut und irgendwie auch integriert, aber zuletzt hatte er kein Gefühl mehr bei der Sache.

Die Leidenschaft, die er benötigte, fehlte einfach!

„Sind Sie sicher, dass Sie aufhören wollen?",

fragte der Oligarch, bei dem Michael das letzte Mal aufschlug und ergänzte:

„Ich finde, wir hatten eine gute und lukrative Zusammenarbeit!"

„Man soll niemals nie sagen!",

entgegnete Michael mit Blick auf den Abschiedsscheck und fügte an:

„Allerdings werde ich zunächst eine längere Pause machen!

Ich möchte nichts ausschließen, was die Zukunft betrifft, aber Hoffnungen möchte ich Ihnen auch nicht machen!"

Die Verabschiedung der Beiden verlief demnach recht freundschaftlich. Michael wirkte dabei aber wesentlich gelöster.

Danach stieg er in sein Cabrio, machte als erstes das Dach auf, welches er wegen der Hitze vorher verschlossen hatte.

Die Anlage wurde aufgedreht und peitschende Bässe elektronischer Musik drangen in die Atmosphäre.

Danach sollte es heimwärts gehen, was Michael aber aufgrund einer besonders guten Laune verschob.

Sein befreites Gemüt ließ ihn kurzfristig dazu entschließen in der Gegend rum zu fahren.

Eigentlich hatte er sein Cabrio bisher zu selten im Sinne genutzt, für ein Auto, was auch als Spaß-Mobil gedacht war.

Die Strecke die er dabei wählte, war spontan und es gab einige Abschnitte, die selbst ihm neu waren oder zumindest nicht so bekannt.

Das lag daran, dass er zu selten in Eigenregie zum Russen gefahren war, weil er in den meisten Fällen abgeholt wurde.

Während der Fahrt bemerkte Michael, dass langsam eine Pause nötig war, da er auch auf die Toilette musste.

Er hatte nicht auf die Zeit geachtet, weil der Verkehrsfluss zu seinen Gunsten und ohne negative Aufregung verlief.

Anders als Michael ihn zu seiner Arbeitszeit in seiner alten Firma kannte, als vorwiegend im Feierabendverkehr die Hölle los war.

Nach einer kurzen Zeit erreichte Michael eine Pausengelegenheit, ein öffentlicher Parkplatz mit WC-Anlagen. Für den kurzen Zwischenstopp lies Michael sein Auto offenstehen und wurde prompt von einem Mann angesprochen:

„Haben Sie keine Angst, dass es rein regnet?

Ich bin schon seit ewigen Zeiten kein Cabrio mehr gefahren, seitdem das Wetter so miesepetrig ist!

Aber momentan scheint ja sogar mal wieder die Sonne.

Ich bin mir sicher, in zehn Minuten regnet es wieder oder es ist zumindest bedeckt!"

Michael erklärte dem Unbekannten, dass er selbst die letzte Zeit viel mehr Glück hatte. Allerdings hatte er für seine Verhältnisse zu wenige Cabrio-Fahrten vollzogen, was er heute etwas nachholen wollte.

Im Übrigen sollte der Fremde mit seiner Prognose richtigliegen, denn keine Minute später, als Michael den Pausen-Ort verlies, verdunkelte sich bereits der Himmel.

Glücklicherweise war das ja kein Problem von ihm, der das nicht mal mitbekommen hatte und lieber überlegte, wie die Reise weitergehen sollte. Die mittlerweile über dreistündige Fahrt, die sich aus dem Nichts ergeben hatte, sollte sich langsam dem Ende nähern.

Michael hatte aber spontan eine Idee, die ihn dazu verleitete noch nicht nach Hause zu fahren.

Einen kurzen Abstecher an den Badesee wollte er machen, den er über längere Zeiten nicht mehr besucht hatte.

Im ersten Moment war Michael etwas darüber erstaunt, als er dort eintraf. Keine weiteren Menschen waren vor Ort!

Aber im nächsten Moment erahnte er, warum das wohl so war.

Der feuchte Boden deutete zumindest an, dass es erst kürzlich geregnet hatte.

Es war mal wieder einer der Momente, in dem Michael mal wieder offensichtlich bewusstwurde, welcher Gabe er mächtig war.

Eine Gabe, vielleicht auch ein Fluch, sinnvoll eingesetzt war es aber wohl eher ersteres.

Ein angenehmes Gefühl beschlich ihn, als er sich gemütlich zu seinem Liegeplatz aufmachte.

Er war mal wieder im Einklang mit der Natur, weit und breit Menschenfrei.

Die sich wohl davon beeindrucken ließen, weil das Wetter nicht so schön war, wie es sich die meisten davon gewünscht hatten.

Michael war aber nicht gänzlich alleine, denn andere Lebewesen waren durchaus zu sehen.

In erster Linie Vögel oder Feldtiere, denen das Wetter nichts ausmachte. Wahrscheinlich musste deren Gehirn auch nicht über Dinge grübeln, was man machen sollte, wenn es regnete, schneite oder die Sonne schien. Den Tieren ging es nur um das nackte Überleben!

Die Nachmittagssonne stand über dem Horizont und es machte sich langsam auf in die Abenddämmerung über zu gehen.

Dafür blieb aber noch etwas an Zeit und Michael hatte schon vor, ein bis zwei Stunden zu bleiben.

Schließlich war er jetzt zeitlich unabhängig und für zwischendurch hatte er sich auch ein Bier besorgt.

Michael lief weiter, sein eigentlicher Liegeplatz war etwas abseits.

Somit hatte er weiterhin einen Sandweg entlanglaufen müssen und eine Passage mit Bäumen zu durchqueren.

Dabei war es ihm schon etwas mulmig, so ganz alleine.

Aber nach kurzer Zeit erreichte er sein Ziel und breitete seine Decke aus. Als er so dalag und in den klaren, blauen Himmel blickte, kamen ihm positive Gedanken.

„So kann man es aushalten!",
dachte er sich.

Eine besondere Gemütlichkeit breitete sich in ihm aus, wie er sie schon lange nicht mehr erlebt hatte.

Das war ihm teilweise schwergefallen!

Der Tod von Christine und die vielen Aufträge hatten Michael nie eine tiefere Entspannung verschafft, die ihm scheinbar auch fehlte.

Eine Zeitlang blieb er noch liegen, schloss die Augen und genoss die warmen Temperaturen.

In der Luft lag eine leichte Brise, die Michael in erster Linie akustisch wahrnahm sowie anderer naturbedingter Geräusche.

Zwischenzeitlich war er drauf und dran einzunicken, so gelassen fühlte er sich, vielleicht auch ein Stück geborgen!

Entgegen seiner sonstigen Grundeinstellung war er nicht extrem wachsam mit teilweiser Paranoia.

Es hätten schließlich auch Menschen auftauchen können, die ihm nicht wohl gesonnt waren.

Nach ungefähr einer Stunde richtete er sich auf und schaute sich um, ob er noch alleine war. In diesem Moment kam wohl sein altes Ich nochmal hervor. Aber er konnte weiterhin keine anderen Personen erblicken.

Es war jetzt langsam Zeit das Bier zu trinken, schließlich wollte er danach noch etwas dösen, um gleichzeitig etwas auszunüchtern.

Denn im Normalfall fuhr Michael kein Auto, wenn er etwas getrunken hatte, außer vielleicht Mindermengen.

Ansonsten wartete er stets einen kleineren Zeitrahmen ab, bis er sich an das Steuer setzte. In dem Moment, als er einen Schluck Bier trank und dazu eine Zigarette rauchte, begann in seinem Gehirn der Prozess einer Gedankenentwicklung, die in der Entspannungsphase noch ausgesetzt hatte. „Sollte ich den Stein dahin zurückführen, woher ich ihn herhabe?" dachte sich Michael.

Vielleicht irgendwie neu beginnen ohne Druck und Tricks.

Dadurch konnte er möglicherweise auch endgültig mit den Ereignissen der letzten Zeit abschließen, auch wenn er dadurch einen Teil seiner Macht aufgeben würde.

Den Grundgedanken an sich fand Michael nicht so schlecht und bei weiteren Überlegungen entwickelte er durchaus eine positive Sicht darüber, schließlich lag alles in seiner Hand.

Sollte er selbst mit den ungünstigen Wetterbedingungen nicht zurechtkommen, so hätte er immer noch die Möglichkeit gehabt an den See zu kommen.

Im schlimmsten Fall hätte er noch die Alternative sich den Stein wieder aneignen.

Vielleicht hatte die Rückführung des Objekts aber auch ganz andere Folgen, die ihm nicht bewusst waren!

Eine Endgültige Entscheidung wollte Michael aber jetzt noch nicht treffen!

Für das erste waren es nur Gedankenspiele mit der Ist-Situation im Vergleich zur Soll-Situation.

Die zuvor angesteckte Zigarette hatte er mittlerweile fertig geraucht und die Bier-Dose war inzwischen auch leer getrunken.

Deshalb legte er sich noch ein paar Minuten hin, bevor er sein zu Hause ansteuern wollte.

Fast eine Stunde später saß er wieder im Cabrio und fuhr bei mediterranen Temperaturen gemütlich nach Hause.

Das Dach war natürlich wieder geöffnet und hier hatte er auch schon das erste Gegenargument für seine am See entwickelte Idee.

Denn mit dem Cabrio offen zu fahren war vielleicht zukünftig nicht mehr möglich gewesen, wenn er sich zeitgleich auch an den Mann vom Parkplatz zurückerinnerte.

Den gelungenen Tag wollte Michael dann aber noch mit einem kleinen Happen und einem weiteren Bier abschließen.

Dabei fiel ihm auf, dass er ja noch etwas in der Brusttasche seines Hemdes hatte.

Der großzügige Scheck von Herrn Romanomir, den er mittags erhalten hatte. Bevor sich Michael bettfertig machen wollte, überlegte er noch kurz, was der nächste Tag bringen könnte und was anstand.

Als erstes nahm er sich vor, zur Bank gehen zu wollen. Schließlich musste das Geld vom Papier auf sein Konto, da es sich um einen Verrechnungsscheck handelte!

Am nächsten Tag war er dann auf dem Weg zur Bank, so wie er sich das den Abend zuvor vorgenommen hatte.

Dafür kam er nicht umher, in das Zentrum seiner Heimatstadt zu gelangen, was ihm eine längere Zeit nicht gelang.

Deswegen war er auch etwas gespannt, ob ihn Veränderungen erwarteten. Plötzlich war es aber so, dass ihn eine positive Überraschung ganz anderer Art erwartete.

Unverhofft traf er auf eine Bekannte und ehemalige Kollegin.

Allerdings war es keine von den Kolleginnen, mit denen er direkt arbeitete.

Sie war eine rassige Frau mit schwarzen lockigen Haaren und grünen Augen.

Etwas exotisch sah Jennifer, wie ihr Name war, aus.

Michael konnte in der Vergangenheit in Erfahrung bringen, dass ihre Mutter aus Peru war.

Zwischen beiden war eine Spannung im positiven Sinn, wie Michael empfand.

An einer Schulung setzte sie sich mal direkt neben ihn.

Ein anderes Mal sprach sie ihn auf seine vermeintlichen exotischen Augen an.

„Hallo!

Wie geht es dir?

Ich habe dich ja schon ewig nicht mehr gesehen!",

sagte sie mit lieblicher Stimme.

„Mir geht es soweit gut!",

sagte Michael und fügte hinzu:

„Ich bin schon seit einiger Zeit nicht mehr im Unternehmen, da ich gekündigt und dann an gewissen Projekten gearbeitet habe.

Momentan weiß ich aber noch nicht so genau, wie ich weitermache."

„Das hört sich ja nach einer langen Geschichte an!",

sagte sie und fragte etwas unsicher zurück:

„Vielleicht sollen wir mal etwas trinken gehen?"

An eine solche Frage hatte Michael in diesem Moment nicht gedacht, da er immer davon ausging, dass sie eine Frau war, die man umgarnen musste. Vielleicht war es für sie aber jetzt auch eine andere Situation, begünstigt dadurch, dass Michael nicht mehr in derselben Firma tätig war.

„Wenn du willst, können wir das gerne machen.

Wann sollen wir etwas unternehmen?",

fragte Michael und wirkte dabei auch leicht unsicher.

„Sollen wir Donnerstag gegen neunzehn Uhr festhalten?

Vielleicht im Café Ideal?", fragte sie erfreut zurück.

„OK, bis dann. Ich freu mich schon!",

antwortete er.

Einen höheren Puls hatte Michael nach dem ausgemachten Date schon!

Eine Art Nervosität war es.

Eigentlich war sie ja für ihn kein Thema!

Als eine attraktive Frau empfand er sie immer, charakterlich hatte Michael jedoch Bedenken, ob es zwischen beiden langfristig halten könnte.

Schließlich hatten sich beide auch schon im privaten Rahmen getroffen.

Seinem Bild nach war sie eine anspruchsvolle Frau, vielleicht auch ein paar Klassen über ihm.

Sicherlich hatte sie keine Probleme, einen Mann zu finden. Michael selbst war aber zu früher erfahrener und auch vermögender geworden.

Deswegen hatte er jetzt vielleicht ein Stück umdenken müssen und seine Skepsis beiseitezulegen.

Aber um sich darüber Gedanken zu machen, hatte er noch etwas Zeit, schließlich war heute Dienstag und das Date sollte ja erst am Donnerstag stattfinden!

Somit ging es weiter zum Geschäftlichen, die eigentliche Geldangelegenheit war noch offen....

Zwei Tage später war es dann fast soweit.

Sein Rendezvous stand an!

Michael war gerade von der Dusche gekommen, hatte Deodorant aufgetragen und die erste Überlegung war, welches Eau de Toilette er auftragen sollte. Vielleicht etwas Frisches, Männliches oder Modernes?

Glücklicherweise hatte Michael noch genügend Zeit, da es gerade erst sechzehn Uhr war und es standen noch weitere Entscheidungen an, unter anderem der Kleidungsstil.

Aufgrund der eigentlich unbeständigen Wetterlage entschied sich Michael für einen sommerlichen Duft!

„Warmer Sommerregen" war der Name des Parfüms, welches er auftrug.

Es war ein frischer Duft mit einer süßlichen Note und wirkte dadurch auch etwas vertrauenerweckend.

Zumindest war jetzt erst mal die eine Sache geklärt.

Natürlich waren noch andere Dinge offen!

Die Frage mit der Kleidung gestaltete sich sogar noch schwieriger, denn eigentlich präferierte Michael eher einen lockeren Kleidungsstil. Schließlich war die Verabredung kein Gänge-Menü im Edel-Restaurant.

Auf der anderen Seite konnte er mit dem Wetter punkten, wenn er den schwarzen Anzug verwendete und damit wäre sicherlich auch ein zum Teil lockeres Outfit möglich.

Von der Zeit her hätte Michael bestimmt auch die Möglichkeit gehabt, den Sonnenstein aus dem Anzug zu entfernen und woanders zu implementieren. Allerdings wollte er keine Risiken eingehen und nicht rumexperimentieren! Deswegen entschied er sich letztendlich für den Anzug.

Im Prinzip war Michael dann auch so gut wie fertig und er hatte noch genügend Zeit.

Weil er sehr nervös war, ging die Zeit aber nicht so schnell vorbei oder er empfand es einfach nur so!

Später waren es dann nur noch zwanzig Minuten bis die Verabredung losgehen sollte.

Michael hatte gerade erst die eleganten schwarzen Leder-Schuhe angezogen, trug noch mal etwas des Eau de Toilette auf und zog sich das Sakko über ein weißes, elegantes T-Shirt.

Bevor es endgültig losging, nutzte Michael weiterhin die Gelegenheit, um auf die Toilette zu gehen. Schließlich wollte er souverän wirken und klar denken können und danach ging es auch los.

Zuerst musste er wieder die kleine Gasse entlang in Richtung der Stadtmitte gehen. Vor der Lokalität angekommen, wartete Michael auf Jennifer.

Fünf Minuten war er zu früh und ging deshalb davon aus, dass sie ein paar Minuten später kam. So kannte er es zumindest von den meisten Frauen…

Bereits sieben Minuten stand er da und kam sich etwas komisch vor. Der Treffpunkt war ein mehrstöckiges Café mit Außenbereich und Terrasse. Zu dem Zeitpunkt gut gefüllt, weshalb er sich auch etwas beobachtet vorkam. Allerdings hatte er auch nicht das Gefühl, versetzt zu werden…

Es war ungefähr zwölf nach sieben.

Michael war mittlerweile schon etwas genervt, bis er einen braunen Lockenkopf entdeckte, der sich langsam der Fußgängerunterführung gegenüber sichtbar machte. Es war seine Verabredung!

„Entschuldigung!",

sagte Jennifer und ergänzte:

„Ich habe mich leider etwas verspätet.

Es war viel los auf den Straßen."

„Kein Problem!",

antwortete er entspannt und gab ihr zu Begrüßung jeweils einen Kuss auf die linke und rechte Backe, obwohl es nicht sein standardmäßiges Vorgehen war, wenn es um ein Date ging.

Michael hatte bei Freundinnen und weiblichen Bekannten festgestellt, dass man mit der Begrüßung Backe an Backe feststellen konnte, wie stark eine Frau geschminkt war.

Außerdem konnte man daran auch festhalten, ob die Haut uneben war oder nicht.

Bei Jennifer fühlte es sich gut an, eben und nicht zu trocken oder zu fettig.

Es war ein angenehmes Gefühl.

„Sollen wir uns oben einen Platz suchen?

Es ist so ein schönes Wetter und sicherlich angenehmer draußen zu sitzen.", gab sie an.

„Hoffentlich kriegen wir einen Platz da oben!

Der Laden sieht sehr frequentiert aus!

Und nach oben wollen sie alle.",

entgegnete Michael und wandte sich im nächsten Moment direkt an einen Bediensteten.

Der Kellner, fein gekleidet in einem weißen Sakko und schwarzer Hose sagte: „Sie haben Glück!

Es ist noch ein Tisch für zwei Personen frei.

Darf ich Sie zu Ihrem Platz führen?"

Michael bejahte und beide folgten dem Mann auf ihren Platz.

Die Terrasse bot einen Panorama-Blick. Vor allem, wenn man den Himmel betrachtete.

Durch den langsamen Sonnenuntergang wurde die Hemisphäre in verschiedenen Farben wiedergegeben.

Dafür war der restliche Anblick allerdings nur mittelmäßig schön, da die Lage nicht die beste war.

Westlich des Cafés lag der Hauptbahnhof. Ein älteres nicht zu modernes Gebäude.

Weiter hinten lag ein gutbesuchter Konkurrent und zwar ein Brauhaus. Südlich vom Café lag das Amtsgericht und östlich davon ein weiterer Wettbewerber.

Dieser war aufgrund der großen Konkurrenz nicht so gut besucht.

In nördlicher Richtung war nur eine Häuserwand zu sehen, denn das Café grenzte an ein altes baufälliges Hotel.

„Darf es schon etwas zu trinken sein?",

fragte der Angestellte kurz nachdem sich Michael und Jennifer gesetzt hatten.

„Ich nehme einen Latte Macchiato.",

sagte sie und er wählte einen Filterkaffee mit Sahne und Zucker.

Michael wusste nicht so recht, was er sagen sollte.

Reden war ja nicht gerade eine seiner Stärken, aber er legte einfach los:

„Und Jennifer, wie geht es dir so?"

„Ja, was soll ich sagen?", fragte sie zurück.

Danach begann sie aber ausgiebig zu erzählen.

Sie teilte Michael unter anderem mit, dass sie die Abteilung gewechselt hatte, um ihre Karrierechancen zu erhöhen, schließlich hatte sie erst kürzlich ihre Diplom-Arbeit abgeschlossen.

Gleichzeitig wies sie aber auch darauf hin, dass die neue Stelle anspruchsvoller und vermehrt stressiger war!

Sie fragte natürlich ebenfalls zurück, was er machte, weil sie deswegen neugierig war.

Aus Ihrer Sicht war die Geschichte um ihn wohl spannender, da er einen krasseren Schritt vollzogen hatte.

Nach der Frage blickte Michael einen kurzen Moment in den Himmel und überlegte, was er sagen sollte.

Schließlich konnte er nicht angeben, dass er einen seltsamen Stein gefunden hatte, der anscheinend das Wetter beeinflusste und er dadurch sehr viel Geld verdiente.

Deshalb gab Michael an, dass er viel unterwegs war im Bereich der Unterhaltung auf privaten Feiern.

Allerdings hatte er den Beruf nun aus unterschiedlichen Gründen aufgegeben und war sich momentan über seine weitere berufliche Zukunft nicht so sicher. „Wäre eine Rückkehr für dich keine Option?",

fragte sie und meinte damit eine Wiedereinstellung in die bisherige Firma.

Für Michael war das keine Option mehr, weshalb er klar verneinte.

Seine ehemaligen Kolleginnen wollte er sich nicht mehr antun.

Auch hatte er keinen Kontakt mehr gehabt und wusste deshalb gar nicht, wie es mittlerweile innerhalb der Abteilung aussah.

Stattdessen wies er darauf hin, sich anderen Aufgaben zu widmen, vielleicht etwas Kreatives.

Michael hatte in der Vergangenheit immer vorgehabt, etwas im musikalischen Bereich zu unternehmen.

Dafür hatte er sich vor Jahren zusammen mit seinem Bruder Christian musikalische Geräte zugelegt, die aber aus Zeitgründen nie wirklich zum Tragen gekommen waren.

Aufgrund der räumlichen Trennung wurden diese aber auch aufgeteilt, dennoch hätten beide damit etwas anfangen können.

Für Ihn war es im Moment die einzige Option, die er als möglich betrachtete. Über Alternativen oder überhaupt Tätigkeiten hatte er sich keinen Kopf gemacht.

Im Laufe des Abends hatten beide noch weitere Themen, die sich eher oberflächlich ansiedelten. Für die erste Verabredung war das auch in Ordnung.

Im Gegensatz zu Michael, schien bei Jennifer aber der Funke überzuspringen! Denn bei der Verabschiedung küsste sie ihn intensiv auf den Mund und hauchte verführerisch und leicht bestimmend:

„Ruf mich bald an!".

Michael wurde dadurch auch etwas überrascht, da er nicht damit rechnete bei ihr zu punkten.

Allerdings fand er den Kuss auch nicht unangenehm, weshalb er die Leidenschaft von ihr bestätigte.

Eigentlich war er davon ausgegangen seine Chancen beim Date verspielt zu haben.

Schließlich erzählte er nicht sehr viel und klare Zukunftsperspektiven hatte er auch nicht.

Andererseits hatte Michael Jennifer zu ihrem Auto begleitet, dort punktete er möglicherweise als Gentleman. Auf den Weg dahin hatte sie die Hand von ihm ergriffen und sanft festgehalten.

Die Ermunterung von ihr einen Anruf bei ihr zu tätigen nahm er nach dem Kuss in Betracht und bestätigte dies mit einem dezenten Kopfnicken, bevor beide noch ein paar weitere Zärtlichkeiten austauschten.

Danach machte sich Michael langsam auf den Heimweg, nachdem er sich bei Jennifer endgültig verabschiedete.

Dabei fiel es ihm auch schwer ein freudiges Grinsen zu unterdrücken.

Auf dem Rückweg kamen Michael schon erste taktische Fragen zur weiteren Vorgehensweise bei ihr.

Genauer gesagt stellte er sich drei Szenarien vor, die ihm als die eindeutigsten Optionen erschienen.

Sein Problem war nämlich, dass er zum einen die Zweisamkeit mit ihr genoss. Andererseits fehlte Michael das Kribbeln beziehungsweise der chemische Prozess des verliebt seins mit Herzklopfen.

Dieses Gefühl hatte er zuletzt noch bei Christine gehabt und auch generell war er wohl noch nicht bereit komplett loszulassen.

Deshalb sah er als erste Option, keine weiteren Anstrengungen zu unternehmen und es ganz sein zu lassen oder abzuwarten. Vielleicht konnte er ihr auch seinen Zustand erklären.

Die jeweils zweite und dritte Möglichkeit hatten den gleichen Beginn - es einfach mal zu probieren.

Die erstere Variante war mit dem ehrlichen Ziel verbunden, es einfach auf gut Glück zu probieren und zu schauen was passiert.

Die letzte Option glich der vorigen. Hier spielte aber die sexuelle Motivation die Hauptrolle, da sie eine sehr attraktive Frau war.

Egal wie seine Entscheidung im Endeffekt lauten sollte, eines war Michael schon heute klar, diese Nacht würde er in allen Fällen gut schlafen…

Und tatsächlich lief es nach seinen Vorstellungen.

Er schlief gut ein und durch!

Vor allem auch nicht zu kurz, genauer gesagt um die neun Stunden, also ein guter Zeitraum für einen erholsamen Schlaf.

Michael fühlte sich gut als er aufwachte, besonders fit und irgendwie auch geistig befreit.

Außerdem fühlte er sich auch nicht unter Druck gesetzt bezüglich des Vorabends.

Aber es stand noch eine weitere Entscheidung aus.

Wie sollte er mit dem Stein vorgehen?

Nach dem Frühstück machte sich Michael auf zum See.

Seinen schwarzen Anzug hatte er an, in dem der Sonnenstein eingenäht war. Zu dieser Zeit war mal wieder nichts los gewesen.

Das lag wohl daran, dass es Freitag gegen zehn Uhr morgens war.

Zu seinem Stammplatz machte er sich wieder auf.

Dabei schaute er dauernd, wo er den Stein möglicherweise platzieren konnte. Eines war jedoch klar, der Ablageplatz musste sich irgendwo im Wasser befinden.

Wenig später war Michael an seinem Liegeplatz angekommen, wo er sich zunächst hinsetzte.

Dann folgten weitere prüfende Blicke.

Im Geiste stellte sich Michael auch vor, wo normalerweise der größte Publikumsverkehr war. Das war gegenüber!

Dort wollte er den Stein auf keinen Fall hinterlegen.

Bei größerem Publikumsverkehr bestand die Gefahr, dass jemand auf das gute Stück stoßen konnte.

Zwischendurch hatte er aber auch noch mal überlegt, ob er den Stein überhaupt ablegen sollte?

Er hätte ihn ja auch weiterhin für sich einsetzen können oder für Jennifer.

Ihre gute Laune würde sich ja bestimmt auch positiv auf ihn auswirken und gewisse Dinge wären sicherlich leichter für ihn.

Dennoch wollte Michael kurzfristig eine Entscheidung treffen!

Bisher lag er mit diesen immer richtig.

Er konnte sich nicht daran erinnern, grobe Fehler begangen zu haben, wobei sicherlich nicht alles zu hundertprozentiger Zufriedenheit verlief.

Dennoch stand er immer zu seinen Vorhaben!

Michael war sich jetzt aber langsam sicher, wie er sich entscheiden wollte. Den Versuch zu wagen und den Stein im Wasser zu verbringen, nahm er sich vor!

Eine analytische Erklärung hatte er aber dafür nicht!

Michael dachte sich, dass es schön wäre, wenn es einen Ort geben würde, wo immer die Sonne scheinen würde.

Als eine Art Paradies auf Erden betrachtete er das Ganze.

Bei einem schlechten Zustand seinerseits konnte er den Ort immer wieder besuchen.

Dafür musste er aber genau überlegen, wie er am besten vorgehen sollte. Zuerst mal überlegte er die zeitliche Chronologie.

Aus seiner Sicht war ein Abend beziehungsweise eine Nacht von Montag auf Dienstag dafür am besten geeignet.

Es war im Moment außerhalb der Ferien-Zeit und wer trieb sich schon unter der Woche nachts an einem See rum?

Danach erinnerte er sich kurz daran, wie er den Stein gefunden hatte.

Damals war etwas Helles vom Himmel gefallen und Michael tauchte danach, indem er dem Licht folgte.

Für den Stein hatte er also eine Hülle oder eine Kiste zu besorgen.

Würde er den Stein einfach so ins Wasser legen, dann wäre die Gefahr zu groß, dass eventuelle Beleuchtungszustände im Wasser für Aufregung sorgen könnten.

Möglicherweise kam jemand anderes auf die gleiche Idee wie er und der Gegenstand wäre dann wohl für immer verloren!

Um den Stein bestmöglich verbringen zu können, brauchte Michael deshalb noch Zubehör für Taucher.

Also zumindest einen Ganzkörper-Neopren-Anzug, eine Taucherbrille, Schwimm-Flossen und zur Beatmung eine Sauerstoffflasche.

Schließlich sollte alles auf Anhieb klappen.

Die groben Planungen waren somit für den Moment abgeschlossen.

Jetzt mussten die Dinge noch beigebracht werden, was Michael gleich in Angriff nehmen wollte.

Die Besorgungen gestalteten sich nicht so einfach, wie gedacht. Zum Teil kam er nicht umher, zu improvisieren und recherchieren, um an die gewünschten Gegenstände zu kommen.

Bei der Kiste für den Stein tat er sich etwas schwer.

Ein Schmuck-Kästchen war zu klein. Andere Gegenstände waren aufgrund des Materials weniger geeignet, wie beispielsweise Eisen, weil hier Rostgefahr bestand.

Allerdings fand er etwas Anderes, was ihm zusagte.

Eine kleine verschließbare Kunststoff-Box, quadratisch mit den Maßen zwanzig mal zwanzig Zentimeter in einem dunklen Blau-Ton.

Den Tennisgroßen Sonnenstein wickelte Michael vorher aber noch in ein Geschirr-Tuch, bevor er diesen darin platzierte und abriegelte.

Irgendetwas gefiel ihm aber noch nicht, als er sich die geschlossene Box betrachtete.

Sie war nicht verschlossen und generell auch nicht abschließbar!

Aber ein Schatz sollte schließlich dementsprechend aufbewahrt werden!

Ein Blick auf seinen Schreibtisch brachte ihn auf eine weitere Idee, als er zwischen den Büro-Klammern, dem Locher und einem Hefter ein Gummi-Band entdeckte.

Etwas Wasserabweisendes, wie Gummi, Latex oder ähnliche Materialen wollte er als Hülle und Versieglung verwenden und nach einer Suche, die einige Stunden dauerte, fand er auch etwas Passendes.

Mehrere blaue Luftballons hatten sich aufgefunden. Sie waren noch aus der Anfangszeit, als Michael seine ersten Aufträge noch als Clown ausführte.

Diese schnitt er mittig mit einem Messer auf und wickelte mehrere davon um die Kunststoff-Box.

Farblich hatte Michael sicherlich mehr Auswahl gehabt.

Gelbe, weiße, rote, grüne und pinke Luftballons lagen noch vor.

Die blaue Farbe erschien ihm aber deshalb sinnvoll, weil er dadurch im Wasser einen Tarneffekt hatte. Schließlich war die Farbe des Wassers auch bläulich.

Jetzt ging es nur noch darum, die gummierte Hülle zu fixieren.

Dafür wickelte er Gummi-Ringe um die Plastik-Schatulle. Weiterhin benutzte Michael ein Messer, dass er mit einem Feuerzeug erhitzte, um die einzelnen Kanten der Luftballons zu verschmelzen.

Als er fertig war, betrachtete Michael seine Arbeit.

Was er da erblickte sah gut aus, die Umhüllung strahlte wie aus einem Guss. Man erkannte nicht, dass es sich ursprünglich um eine Aufbewahrungsbox handelte!

Es sah jetzt einfach nur aus, wie ein Gummi-Würfel.

Hundert Prozent zufrieden war Michael aber nicht.

Etwas fehlte!

Nochmal kurz in die Küche lief er und holte ein Stück Frischhaltefolie.

Damit versiegelte er die Ummantelung noch einmal zur Sicherheit.

Schließlich wollte er unbedingt vermeiden, das Wasser hineintrat.

Vorher besorgte Michael das Taucher-Zubehör, was auch kein leichtes Unterfangen war, da er als erstes nach einem Fach-Geschäft suchen musste. Im Internet schaute er nach entsprechenden Anbietern.

Weit gesät waren diese nicht gerade und das Nächstliegende Geschäft war auch einige Kilometer entfernt.

Dort angekommen war Michael fürs erste erstaunt. Das Geschäft war sehr opulent.

Ursprünglich hatte er sich den Laden wesentlich kleiner vorgestellt.

Das was er aber dann vor fand war eine doppelstöckige Immobilie mit geschätzten mehreren hundert Quadratmetern an Verkaufsfläche.

Innen angekommen bekam Michael mit, dass einiges an Betrieb los war.

Die Kennzeichen der Autos, die er auf dem Parkplatz zuvor wahrnahm, ließen auch darauf schließen, dass die Menschen von vielerorts da waren.

Im Geschäft blickte er sich weiterhin um, man konnte dort die verschiedensten Artikel erkennen.

Diverse Sorten von Neopren-Anzügen in den unterschiedlichsten Varianten, Taucher-Brillen, Schnorchel, Schwimm-Flossen und vieles weitere.

Nachdem er einen kurzen Eindruck gewonnen hatte, war ihm klargeworden sich beraten lassen zu wollen.

Vermutlich waren noch weitere Dinge zu beachten die eventuell durch ihn nicht in Betracht gezogen wurden!

Die äußeren Bedingungen waren sicherlich auch zu hinterfragen, wie Temperatur und Uhrzeit.

Ein Mann, der eine Kaufberatung hinter sich hatte, ging auf Michael zu.

„Kann ich Ihnen helfen?",
fragte dieser.

„Da bin ich mir sogar ziemlich sicher!",
antwortete Michael gewiss und ging auf seine Vorstellungen ein:

„Ich habe kürzlich meinen Ehering in einem Weiher verloren und möchte nach ihm suchen.

Ich weiß allerdings nicht, ob dort Tauchen normalerweise erlaubt ist und möchte deshalb abends oder nachts auf die Suche gehen!"

Die Geschichte mit dem Ring war natürlich an den Haaren herbeigezogen, aber irgendwie hatte Michael sein Vorhaben mitzuteilen.

Wobei das Geschilderte sicherlich auch schwer zu realisieren war, was der Verkäufer auch bestätigte.

„Die Wahrscheinlichkeit, dass Sie den Ring finden werden ist sicherlich sehr gering, außer Sie haben unverschämtes Glück oder der See ist so klein, wie ein Planschbecken!",
ergänzte er.

„Sie haben sicherlich recht, die Chancen stehen wahrscheinlich nicht so gut. Aber Sie kennen doch sicherlich Situationen, wo man es zumindest probiert haben will und ich möchte es auf jeden Fall tun! Außerdem habe ich vor überwiegend am Rand des Weihers und ein paar Meter weiter zu suchen.

Das könnte vielleicht funktionieren!"

Der Verkäufer war natürlich bereit zu helfen! Schließlich hatte er hier einen Kunden, der nicht nur beraten werden wollte, sondern auch klaren Kauf-Willen zeigte.

Nacheinander ging der Verkäufer die Artikel durch. Zuerst war der Neopren-Anzug dran, ein Ganzkörper-Anzug, der nur Aussparungen für die Taucher-Brille hatte mit etwas dickerem Material.

Dieses war auch geeignet für kühlere Temperaturen bis plus fünf Grad Celsius. Die Farbe war komplett in schwarz, was auch einen Tarn-Effekt für nächtliche Tauch-Gänge hatte.

Die Taucher-Brille dazu war auch sehr schnell gefunden und ebenfalls in der Farbe schwarz sowie die gleichfarbigen Schwimm-Flossen.

Übrigens hatte Michael bei der Planung tatsächlich etwas vergessen, weshalb die Beratung mit dem Verkäufer schon seinen Sinn hatte.

Da er nachts unterwegs sein wollte, fehlte ihm noch etwas zur Beleuchtung. Deswegen musste eine Taschenlampe her!

Die Entscheidung fiel auf das teuerste Modell, dem „Wassermat Zweitausend X"! Einer mit Xenon-Licht betriebene Lampe, die eine Birne mit dreihundert Lumen beinhaltete. Außerdem war die Taschen-Lampe bis zu hundert Meter Tiefe wasserdicht.

Für einen Preis von dreihundertneunundzwanzig Euro konnte man das aber auch erwarten!

Das massive Ding war natürlich auch in schwarz. Schließlich wollte Michael seiner bisherigen Farbe treu bleiben und zur endgültigen farbtreue fehlte letztendlich nur noch ein Utensil, die Sauerstoff-Flasche.

„Sie sind doch schon mal getaucht?",
fragte der Verkäufer neugierig.

„Nun..., ja..., nicht so wirklich!
Um ehrlich zu sein noch gar nicht, außer dem üblichen Becken-Tauchen im Schwimmbad.",
antwortete Michael etwas unsicher.
Der Verkäufer empfahl daraufhin eine Taucher-Schule, die nicht weit entfernt vom Geschäft war und fügte hinzu:
„Hier kann man Ihnen verschiedene Techniken, unter anderem für das Atmen beibringen.
Bei Sauerstoff-Flaschen ist es so, dass der Sauerstoff-Vorrat nur bedingt angegeben werden kann, da der Verbrauch die Nutzungsdauer bestimmt!"
Für Michael war ein Tauch-Lehrgang uninteressant, für seine Zwecke benötigte er nur eine Flasche!
Nach seinen Vorstellungen hatte er nur für ein paar Minuten untertauchen zu müssen, weshalb er den Verkäufer durch sanfte Worte beschwichtigte:
„Das machen wir schon, dass kriegen wir hin, das machen wir schon."
Nach den Worten von ihm präsentierte der Verkäufer verschiedene Sauerstoff-Flaschen, größer und kleiner, für circa dreißig bis fünfundvierzig Minuten.
Michael wollte lieber sichergehen, weshalb er sich für das größere Modell entschied.
Insgesamt hatte er die Artikel recht schnell zusammen bekommen, dass lag vor allem an der kompetenten Beratung des Verkäufers!
In Summe kam Michael aber nicht umher, dafür einen Beitrag im vierstelligen Bereich leisten. Im Gegenzug wurde ihm aber auch beim Einräumen ins Auto geholfen, was zu diesen Zeiten nicht mehr selbstverständlich war.

Zum Abschluss besorgte er sich noch ein paar Informationen aus dem Internet.
In erster Linie ging es ihm dabei um verschiedene Techniken, die er beim Tauchen beachten musste und dafür fand er eine ausgezeichnete Seite. Darauf fand er auch viele Beschreibungen und Videos, unter anderem zu den Themen Bewegung und was Michael als besonders wichtig empfand, Atem-Techniken.
Die Taucher-Sachen packte er zu gegebener Zeit in eine Reise-Tasche, dazu noch die Box mit dem Stein.

Somit hatte er schon am Freitag die wichtigsten Dinge erledigt, die sein Vorhaben betrafen.

Den Rest des Wochenendes wollte er zu Hause und gemütlich verbringen, um sich auf den Montagabend vorzubereiten.

In der Zeit bis Montagnachmittag hatte sich Michael einiges beigebracht was das Tauchen anging.

Zwar waren es nur Trocken-Übungen, aber dennoch fühlte er sich selbstbewusst genug, seine Idee umzusetzen!

Gegessen hatte er auch schon, weshalb er sich langsam zum Aufbruch bewegen wollte.

Das Projekt Rückkehr des Sonnensteins sollte beginnen!

Wir hatten mittlerweile kurz vor achtzehn Uhr, als er sein Haus verließ und in sein Auto einstieg.

Natürlich öffnete er das Dach. Vielleicht zum letzten Mal!

Vorher hatte er auch schon die Reise-Tasche und einen Rucksack, der gefüllt war mit Proviant, im Kofferraum platziert.

Michael entschied sich entgegen seiner ersten Planung für eine etwas frühere Uhrzeit, da er noch einmal den schönen Sonnenuntergang mitnehmen wollte. Zum anderen wollte er aber auch vermeiden in irgendwelche Kontrollen zu geraten, da die Polizei gegen abends dafür bekannt war, vermehrt zu überprüfen.

Das betraf in der Regel aber überwiegend jugendliche Leute und Michael gehörte eigentlich nicht mehr dazu. Dennoch wollte er keine Risiken eingehen!

Nach einer sonnenerfüllten Fahrt erreichte er vorzeitig sein Ziel, den Parkplatz des Weihers.

Sein Auto war wieder mal das einzige, das dort parkte.

Somit gingen die ersten Bestandteile seines Plans auf.

Allerdings wollte Michael mit hundertprozentiger Sicherheit vorgehen. Weshalb er als erstes eine ganze Runde um den Weiher lief, bevor er seinen Stammplatz ansteuerte.

Er hatte ausschließen müssen, dass Fahrrad-Fahrer, Fußgänger oder sonstige Passanten vor Ort waren.

Nach einer dreiviertel Stunde erreichte Michael dann seinen Liegeplatz. Etwas langsamer war er gelaufen, um alles akribisch zu beobachten.

Seine Augen nahmen aber keine verdächtigen Aktivitäten wahr.

Darauf trank er zunächst ein Bier, nachdem er seine Decke ausgebreitet hatte.

Seine Zeitvorstellung war gegen zweiundzwanzig Uhr tauchen zu gehen, also bei absoluter Dunkelheit.

Das bedeutete für den Moment, weiter abzuwarten und zu beobachten. Michael genoss aber auch weiterhin die Ruhe und das angenehm warme Licht, das der pinke Himmel und die orangenfarbene Sonne ihm entgegenbrachte.

Soweit war bisher Nichts vorgefallen, was seine Planungen beeinträchtigte, deshalb machte er sich langsam fertig...

Mittlerweile war es gegen einundzwanzig Uhr und die Dämmerung setzte sich allmählich fort.

Michael wollte noch mal eine Patrouille um den Weiher laufen.

Dafür packte er seine Sachen wieder zusammen, um sie bei sich führen zu können.

Die halbe Strecke lief er um den See, als er plötzlich ein Geräusch hörte. Sofort packte er die Taschenlampe aus und schaute sich nach verdächtigen Dingen um!

Aber er konnte nichts vorfinden, obwohl er ausreichend suchte.

Dabei fiel ihm aber auch auf, dass die gekaufte Taschenlampe seine Anforderungen erfüllte. Die Leuchtkraft war so stark, dass er mehrere hundert Meter weit leuchten konnte.

Vermutlich waren Tiere für das vorangegangene Geräusch verantwortlich, weshalb Michael weiterlief.

Zwischendurch blieb er immer mal wieder für einen kurzen Moment stehen, um die Lage zu überprüfen.

Am Ende der Runde hatte er aber das Gefühl, vollkommen alleine zu sein. Ein Blick auf die Uhr verriet ihm, dass es langsam Zeit war loszulegen. Schließlich hatten wir zehn vor zweiundzwanzig Uhr und gemäß seinem Zeitplan sollte die Aktion spätestens um dreiundzwanzig Uhr dreißig beendet sein.

Als erstes holte Michael die Kiste aus der Reise-Tasche.

In der Dunkelheit wurde die Leuchtkraft des Steines nochmal sichtbar.

Denn trotz der Umhüllung in der Plastik-Box sowie den Luftballons leuchtete diese in einem sehr gedämpften blauen Licht auf, ähnlich einer Entspannungs-Leuchte.

Als nächstes griff er dann nach dem Taucher-Zubehör.

Stück für Stück zog er sich die Sachen an. Wobei er mit dem Anzug begann, der sich nur mit viel Geschick anziehen ließ, weil er so eng war.

Bei den anderen Gegenständen fiel es ihm wesentlich leichter.

Fertig angezogen machte er sich zum Wasser auf.

Mit einer Art Gürtel-Tasche hatte Michael die Kiste auf der linken Seite befestigt, auf der rechten Seite war die Taschen-Lampe.

Zuerst schwamm er zur Mitte des Sees.

Dafür hatte er sich noch ein Schwimmbrett mitgebracht, um Kraft zu sparen. Irgendwie war es ein komisches Gefühl, mitten in der Nacht auf einem Weiher zu treiben. Es war alles so ruhig, nur die leichten Wellen des Wassers waren zu hören.

Dort angekommen, stellte Michael das Ventil der Sauerstoffflasche so ein, dass ihm die Luft zugeführt werden konnte.

Dann griff er nach der Taschen-Lampe, die er direkt einschaltete und im Anschluss ging es ab in die Tiefe.

Es waren geschätzte fünfundzwanzig Meter, die Michael schließlich hinuntertauchen musste.

Auf dem Boden konnte er eine kleine Mulde erkennen, die geeignet erschien, als Abstellplatz für seinen Schatz zu dienen.

Er legte sein Behältnis sorgfältig dort hinein.

Einen kleinen Anker, den er vorab an der Box montiert hatte, befestigte er zusätzlich am Grund.

Zur absoluten Sicherheit hatte er in der Kiste einen Peilsender hinterlegt, um im Zweifelsfall nachvollziehen zu können, wo sich diese befand.

Kurzfristig hatte er somit sein Hauptvorhaben abgeschlossen und machte sich deshalb auf an die Wasseroberfläche.

Als er diese erreichte, leuchtete er kurz rum um nach seinem Brett zu schauen, welches er auch gleich fand und ansteuerte.

Nach der ganzen Prozedur schwamm Michael zurück zum Ufer.

Vorher schaute er noch mal kurz, ob an der Oberfläche etwas von der Box zu erkennen war. Dem war nicht so!

Lediglich das Licht, das vom Vollmond erstrahlte, reflektierte auf dem Wasser. Nach einigen Minuten hatte er es dann geschafft.

Sein Liegeplatz wurde wieder erreicht!

Die ganze Aktion verlief zeitlich gesehen ohne Komplikationen und dazu noch erfolgreich.

Dennoch hatte Michael dabei mehr Kraft aufgewendet, als er sich vorher gedacht hatte. Mit dem Resultat war er bis hier her sehr zufrieden gewesen. Zum Schluss der hereinbrechenden Nacht machte er sich fertig, zog das Zubehör ab und den Taucher-Anzug aus.

Danach trocknete er sich gründlich ab, bevor er seine Freizeit-Kleidung anzog.

Schließlich ging es nach Hause.

Zum ersten Mal seit langer Zeit ohne den Stein.

Es könnte am nächsten Morgen regnen, aber Michael hatte sich damit arrangiert.

Die Autofahrt verlief ebenfalls ohne Problem. Von der Polizei angehalten wurde er nicht, schließlich war er auch nicht auffällig gefahren.

Allerdings waren auch nur ganz wenige Verkehrsteilnehmer unterwegs, was Kontrollen begünstigte. Schließlich kam es immer mal vor, dass die Beamten, bestimmte Straßenabschnitte kontrollierten, vor allem nachts!

Möglicherweise wäre er dann in Schwulitäten geraten, wenn die Beamten in seinen Kofferraum schauten und Taucherzubehör entdeckten!

Das wäre schließlich eine ungewöhnliche Entdeckung...

Gegen Ende seiner Route begann es zu regnen und das recht wild.

Viele dicke Tropfen waren es, die auf der Windschutzscheibe niederprasselten.

Irgendwie eine feine Sache, wie Michael fand.

Schließlich hatte er seinem Auto länger keine Wäsche mehr verpasst.

Zu Hause angekommen war er dann ziemlich stark durchnässt!

Der Regen war bis dahin massiv geblieben und auch im Hause zu hören, es war ein regelrechtes Gewitter.

Bevor er sein Abendgetränk genießen konnte, trocknete er sich nochmal ab und zog sich um...

Draußen war es noch recht dunkel, als Michael am nächsten Morgen erwachte und das obwohl es schon relativ spät war.

Das erkannte er allein daran, als er durch die beiden oberen Reihen des Rollladens blickte, die er sich immer offenhielt.

Nach dem Blick auf die Uhr, die eine Zeit von drei nach elf bestätigte, öffnete Michael den kompletten Rollladen und er erkannte einen dunkelgrauen Himmel.

Allerdings regnete es nicht mehr!

Durch das geöffnete Fenster gelangte frische Luft in den Raum, die den typischen Regenduft trug und dabei auch nicht zu schwül war.

Durch die runter gekühlten Temperaturen wirkte sie geradezu frisch.

Aus unerklärlichen Gründen hatte er als erstes den Drang, an den Ort des Vorabends zurück zu kehren.

Dafür frühstückte er nur kurz und machte sich gleich auf den Weg.

Kurz vor dem Zielort angekommen konnte Michael wiedererkennen, welche Kraft der Stein hatte!

Denn rund um den See war wie gewohnt alles sonnig, was schon von weitem erkennbar war!

Entgegen der restlichen Strecke, die nur grau erschien.

Als Michael schließlich nach einer Weile seinen Liegeplatz erreichte, schaute er demütig in den Himmel, der erfüllt war vom Sonnenlicht und er dachte sich: „Ich glaube, ich habe alles richtiggemacht!"

ENDE